革命のライオン

小説フランス革命1

佐藤賢一

集英社文庫

革命のライオン　小説フランス革命1　目次

地図・関連年表デザイン／今井秀之

革命期のフランス

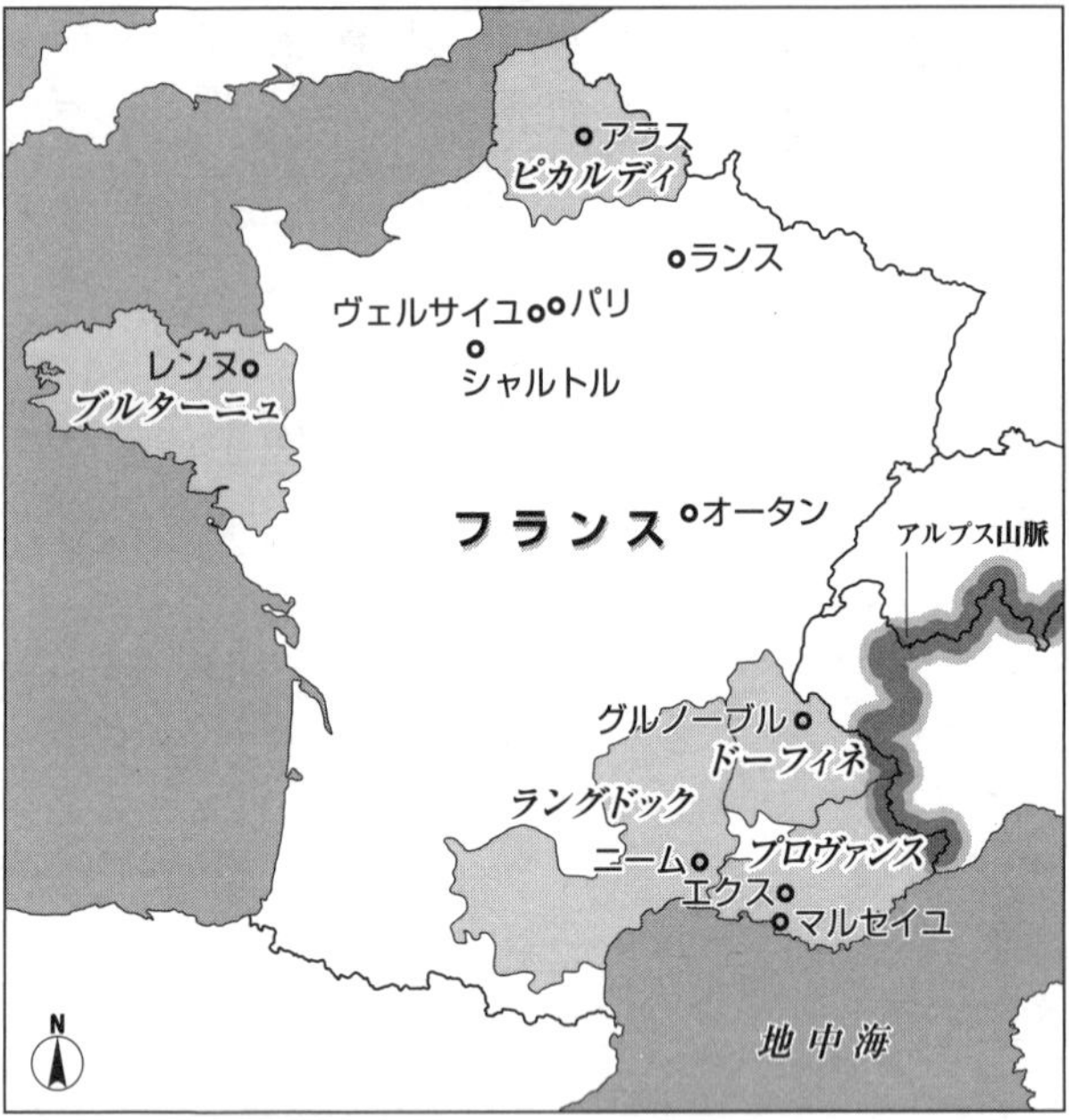

（▭部分は主要議員の選出地）

革命期のパリ市街図

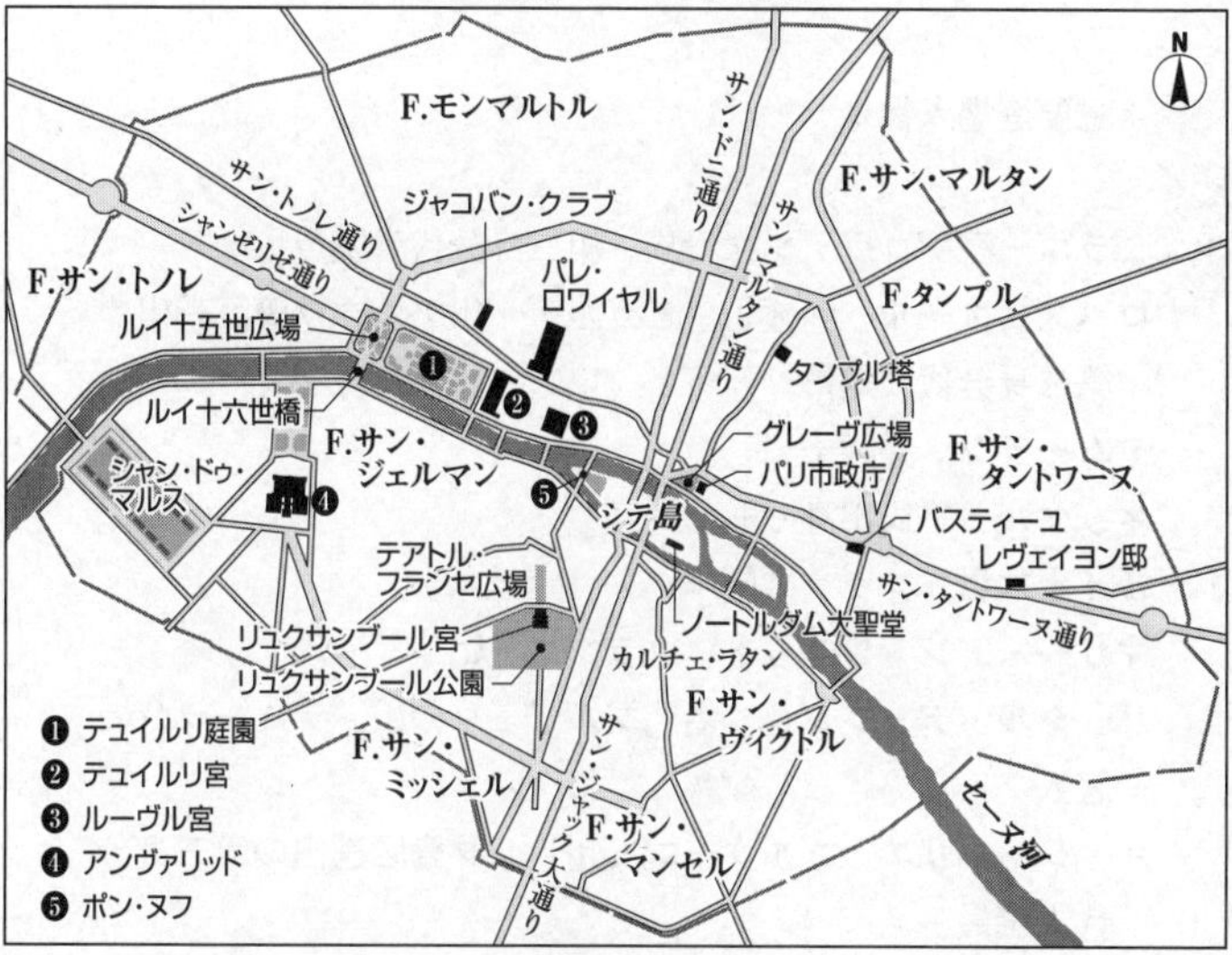
N
F.モンマルトル
サン・ドニ通り
F.サン・マルタン
サン・トノレ通り
ジャコバン・クラブ
シャンゼリゼ通り
サン・マルタン通り
F.サン・トノレ
パレ・ロワイヤル
F.タンプル
ルイ十五世広場
タンプル塔
ルイ十六世橋
グレーヴ広場
F.サン・ジェルマン
F.サン・タントワーヌ
パリ市政庁
シャン・ドゥ・マルス
シテ島
バスティーユ
テアトル・フランセ広場
レヴェイヨン邸
サン・タントワーヌ通り
ノートルダム大聖堂
リュクサンブール宮
カルチェ・ラタン
リュクサンブール公園
F.サン・ヴィクトル
F.サン・ミッシェル
サン・ジャック大通り
セーヌ河
F.サン・マンセル
❶ テュイルリ庭園
❷ テュイルリ宮
❸ ルーヴル宮
❹ アンヴァリッド
❺ ポン・ヌフ

ヴェルサイユ

N
グラン・トリアノン
プチ・トリアノン
大運河
ノートルダム教会
パリ通り
ヴェルサイユ宮殿
球戯場
ムニュ・プレジール公会堂
サン・ルイ教会

＊主要登場人物＊

ミラボー　プロヴァンス貴族。第三身分代表議員
ロベスピエール　弁護士。ピカルディ州アルトワ管区選出の第三身分代表議員
デムーラン　弁護士
ネッケル　平民出身の財務長官
ルイ十六世　フランス国王
マリー・アントワネット　フランス王妃
リュシル・デュプレシ　名門ブルジョワの娘。デムーランの恋人
ル・シャプリエ　ブルターニュ州レンヌ管区選出の第三身分代表議員
ラボー・サン・テティエンヌ　ラングドック州ニーム管区選出の第三身分代表議員
バルナーヴ　ドーフィネ州グルノーブル管区選出の第三身分代表議員
ムーニエ　ドーフィネ州グルノーブル管区選出の第三身分代表議員
シェイエス　シャルトル司教座事務局長。第三身分代表議員
ボワジュラン　エクス・アン・プロヴァンス大司教。第一身分代表議員
タレイラン　オータン司教。第一身分代表議員

Nous sommes ici par la volonté de la nation,
et nous n'en sortirons que par la force des baïonnettes.

「我々は人民の意志によって、ここにいるのだ。
銃剣の力によるのでないかぎり、ここから動くことはない」
（ミラボー　1789年６月23日　ヴェルサイユ、国民議会）

革命のライオン

小説フランス革命1

1——ヴェルサイユ

宮殿の威容には割合すぐに馴《な》れてしまう。ところが、それはヴェルサイユという土地の正体ではなかった。鬱蒼《うっそう》たるまでに広大な森林こそが、ヴェルサイユなのだ。そも建物をいうならば、パリに暮らした歴代の王たちが、狩猟の際に用いた休憩所にすぎなかった。それを「太陽王《ル・ロワ・ソレイユ》」と呼ばれた先々代のフランス王ルイ十四世が、一代にしてヨーロッパ随一の宮殿に造り変えたのだ。煉瓦《れんが》を積み上げ、左右に大きく翼を拡《ひろ》げ、木々を倒したあとに、幾何学模様の庭園を整え、沼地の灌漑《かんがい》工事の仕上げに運河を通しと、ヴェルサイユ宮殿の建設はそれとして、確かに歴史に刻まれるべき偉大な事業である。ところが、なのだ。

人間が多少の手を加えたくらいでは、森が森であり続けることまでは止められなかった。輝くばかりの文明の表現として、ヴェルサイユ宮殿の名前が世界に轟《とどろ》きわたるほど、その森は負けじと緑の色を濃くして、かえって野趣を増していくようでさえあった。

——わずかも油断してしまえば、たちまち呑《の》みこまれてしまう。

ぞくと不意の寒さに襲われながら、ネッケルは胸奥に言葉を続けた。ひらひらリボン飾りが舞うような広間ごと、てらてら肉の脂で埋められた食卓ごと、きらきら金板が色を競う調度ごと、世に聞こえたヴェルサイユ宮殿の一切合財が、みるも無残な緑の一色に覆いつくされ……。

樹木には幹にも枝にも、びっしり蔦《つた》が絡んでいるので、ろくろく木漏れ日も射さない。その森の暗さは山国スイスに生まれた人間をして、なお得体の知れない不安を感じさせるものだった。フランスという国の底知れなさを、それとなく警告するようでもあったというのは、雅《みやび》にも軽々しい楽曲が絶えるかわりに、そこでは覚えがないくらいの静寂が、絶対の支配者だったからである。

——打ち破れるものがあるとすれば……。

銃声の炸裂《さくれつ》が無数の木々に木霊《こだま》した。とはいえ、胸を突かれて、どきどきしたのは、ほんの数秒の話だった。その間は思わず顔も顰《しか》めたが、音さえ徐々に遠のけば、自分を取り戻すことは造作もなかった。ああ、そうだ。あの御仁《ごじん》そのものは、ごくごく他愛《たわい》ない男なのだ。

森を好むというのも、宮廷紳士の嗜《たしな》みのほうが苦手な、内気な不調法者だからである。狩りの他には、もう錠前いじりしか楽しみがないという、要するに不器用な善人だ。そう口許《くちもと》に呟《つぶや》いてから、ネッケルは先を急ぐよう御者《ぎょしゃ》に伝えた。

もう銃声は近い。二本の轍《わだち》で下草が削られているだけの森の小道に、大仰な四輪馬車で乗りこんで小一時間、ようやく会うことができそうだ。

一七八八年十一月末日、ネッケルが木々の懐に探していたのはフランスの今上《きんじょう》陛下、ルイ十六世の姿だった。

というか、はじめは向こうが呼び出した。ヴェルサイユ宮殿を訪ねてみれば、今日の陛下は鍛冶《かじ》細工の部屋でなく、森の狩猟のほうということだった。朝を食べて間もなく出かけられたという話で、それならば御召《おめ》しの件はお忘れかと思いきや、猟場まで追いかけて来いと言伝《ことづて》が残されていた。

「やれやれ」

溜《た》め息をつきながら、ネッケルは逆らえなかった。やんごとなきフランス王の所望であるというのみならず、ルイ十六世こそは目下の雇い主だったからだ。

ジャック・ネッケルは元来が凄腕《すごうで》で知られた投資家だった。そのブルジョワがルイ十六世の臣になっているというのは、郷里スイスの銀行資本を後ろ盾に、国際的な金融市場を縦横していた仕事ぶりをみこまれて、ブルボン王家の財務長官に就任していたからである。

フランス王国は深刻な財政難に悩まされていた。ルイ十四世の御世《みよ》に始まる赤字財政は、それを好転させる術《すべ》なく、ルイ十五世の治世には慢性化してしまった。それが今上ルイ十六世に代替わりして、いよいよ破産状態に追いこまれていたのだ。

財務方としては、当然これを打開したい。まさしく腕のみせどころと張り切りもするのだが、証券取引所ならぬ宮廷という場所では、ただ普通に働くことすらままならなかった。

──高慢ちきな貴族どもめ。

イタリア産の高級革で内張りが施された車室にあって、ネッケルは唾棄《だき》したい衝動にさえ駆られた。

当年とって五十六歳、これが初めての任官ではなかった。最初に抜擢《ばってき》されたのが一七七七年、まだネッケルは四十四歳の若さで、文字通り金融界を飛び出すくらいの元気者だった。それが一七八一年、わずか四年たらずで失脚に追いこまれた。

旧弊な貴族どもが王国の要職を固めていた。この手の輩《やから》に繰り出す改革ことごとくを廃案にされてしまい、そもそもが異邦人のネッケルは身動きひとつ取れなかったのだ。

だからと味方してくれるでなく、簡単に首を切るルイ十六世の薄情も薄情だが、やはり腹が立つのは貴族である。連中は王家の変わらぬ財政難をよいことに、あれからも、やりたい放題を続けているようだった。

ネッケルの後任がフルリーであり、さらにドルメッソン、カロンヌ、ブリエンヌと続いていくが、この忙《せわ》しない交替劇に明らかなように、いずれも失脚に終わっていた。なかでもカロンヌとブリエンヌは、ネッケルに増して惨憺《さんたん》たる敗北だった。

それこそ徹底的にやられてしまった。慢性的な財政難を克服するべく、貴族ならびに聖職者の免税特権に手をつけたからだった。

――要は持てる者から少し協力してもらおうという話だが……。

一七八七年二月、カロンヌは王国の有力者でなる「名士会議」に改革案を退けられた。同七月、ブリエンヌはパリ高等法院に改正税法の登記を求めて、手厳しく拒絶された。

高等法院とは、貴族のなかでも特に法官の職を代々世襲している、いうところの法服貴族の牙城《がじょう》である。いうことを聞かないならばと、これをブリエンヌはパリからトロワに追放した。同時に配下のラモワニョンに司法制度そのものを改革させ、高等法院の権限を縮小することから仕切りなおそうとした。が、王家の閣僚が強硬策に訴えれば訴えるほど、高慢ちきな連中は臍《へそ》を曲げるばかりだったのだ。

拗《こじ》れに拗れて、反目は今や王家と貴族の抗争といった感さえある。

――はん、馬鹿らしい。

高みの見物を決めこみながら、ネッケルは鼻で笑う気分だった。我儘《わがまま》をいうだけいうが、その貴族さまは一体なにができるというのか。この財政難を乗り切れるとでもいうつもりか。それならば、この私が今さら呼び戻されるわけがないではないか。

ネッケルの財務長官再任は今八月二十六日、ブリエンヌ退陣の二日後だった。なるほど、かわる人材が貴族にあるわけがない。特権、特権とかまびすしいが、裏を返せば安穏として先祖の遺産で食いつなぎ、既得権に胡坐《あぐら》をかいているだけの連中なのだ。

――この私は違う。

失脚を経験してなお、ネッケルの自信は揺らいではいなかった。ああ、ブルジョワは違う。己の才能きりを元手に、たゆまぬ努力で人生を切り拓《ひら》く。ぶつぶつ文句をいう前に働いて、寡黙に力を蓄える。そうでなければ、本来的に天下国家を動かせるわけがない。

「して、小生を御召しと仰《おつしや》るのは……」

張り詰めた冷気に、言葉が白い煙になっていた。まだ雪こそ降らないが、フランスでも十一月は真冬だった。本当に、やれやれだ。ルイ十六世をみつけたのは、ヴェルサイユの森も深まる、もうランブイエに近いところだった。

あいも変わらず野暮な御仁だと、ネッケルは一番に思った。この際は服装の野暮は措《お》くとして、それにしてもルイ十六世は背中の丸い男だった。

いや、生まれてこの方ヴェルサイユで飽食三昧《ざんまい》の日々であれば、あるいは肥えること自体は仕方ないのかもしれなかった。それでも肥満児には肥満児なりの、元気とか、活気とか、なにかしら陽性の魅力があろうと思うのだ。

――はっきりいって、冴《さ》えない。

まだ二十四歳とは思えないほど老けてもみえる。若々しい覇気に欠けているせいか、万事に神経が行き届かない感じもする。多少の無礼であれば気づかないのではないかと思わせるほどなので、これは仕える身にして気楽なことに、フランスの国王陛下だからというほど近づきがたい風はない。

狩りの途中で一服つけるにしても、ルイ十六世は小道に馬を止めるまま、下草に直《じか》に腰を下ろしていた。これまた気取りがないといえば気取りがない、無頓着《むとんちゃく》といえば無頓着だが、それを威厳に欠けると責めるならば、やはり王者に相応のカリスマが備わっているとはいいがたかった。

――自尊心だけが取柄の貴族どもに、だから舐《な》められてしまう。

この相手を圧することがない王に、しばしばネッケルは歯がゆさまで覚えた。

心中の悪態を聞いたわけではあるまいが、あちらのルイ十六世も表情を少し曇らせていた。いうことには、おやおや、財務長官殿も惚《とぼ》けたことを仰《おお》せられますなと。

「目下の大事といえば、全国三部会のことしかないでしょう」

明かしてしまうと、それきりルイ十六世は鉄砲いじりに戻った。空に向けて構えては、片目をつむり照準を確かめて、大事という割には興味なさげである。機嫌が悪いとするならば、面白くもない厄介事に楽しみを中断させられたと、それくらいの他愛なさなのかもしれなかった。

さておき、全国三部会である。

十四世紀に歴史を遡《さかのぼ》る全国三部会は、フランス王国の議会だった。聖職者を第一身分に、貴族を第二身分に、平民を第三身分に定めて、それぞれの代表議員が国家の枢要な問題を討議するわけだが、そんなもの、王家が国政を専断するにしたがって、とうに召集されなくなっていた。

最も近い全国三部会の開催が一六一四年、ブルボン朝の二代ルイ十三世の時代であるというから、実に百七十年余も開かれていないことになる。三身分の意見を綺麗に無視しながら、絶対王政の面目躍如というところだが、このほとんど忘れられていた中世の遺物を持ち出したのが、パリの法服貴族たちだった。

一七八七年七月、ブリエンヌの改革案を拒否するにあたり、高等法院には新しい税金を認める権限がない、是非にも協賛させたいというならば、全国三部会を召集なされたいと、王家に進言してみせたのだ。

――全国三部会などと、時代錯誤も甚《はなは》だしい。

当初は不敵な言い逃れにすぎないと思われたものだが、これを大方のフランス人が本気で考えるようになった。

ラモワニョンの司法改革が発表されると、それを高等法院への弾圧だとして、抵抗運動はパリのみならず全国的な広がりをみせた。このとき叫ばれた声が自然と収斂《しゅうれん》していったのが、全国三部会の召集をというものだったのだ。

ルイ十六世は声に押されて、今八月八日、全国三部会の召集を正式に布告した。高慢な貴族どもが我を通し、王家のほうは譲歩したということだ。

「なのに、まだ揉《も》めているようじゃありませんか」

弾ごめにかかりながら、木陰のルイ十六世が続けていた。受けてネッケルが答える前に、もう狩りのお供が脇《わき》から飛びこんできた。陛下、犬たちが吠《ほ》えております。あの騒ぎ方からすると、今度こそ待望の猪《いのしし》かもしれませんぞ。

「そうか、それなら急がなくては。いくら思いつきで始めた狩りでも、獲物が痩《や》せた兎《うさぎ》ばかりというのじゃあ、朕《ちん》も満足できないからね」

そうやって馬の準備を命じてから、ようよう、こちらに向きなおる。

「なにが不満だというんだ」

ルイ十六世の問いは、もちろん全国三部会に関する話である。が、それを自分に聞くかと、ネッケルは呆《あき》れないではいられなかった。というのも、あなたはフランス王ではないか。故国スイスに戻っていた私を捕まえて、フランスの事情を尋ねたいと仰るか。

はじめネッケルは、なにか言外の意味があるのかとも考えた。あるいは周知の道理をわざと口走らせることで、うちに悶々《もんもん》としている憤懣《ふんまん》を、ぶちまけたい腹があるのか。

いや、そうではあるまい。それほど芸がある王ではない。仮にそうだとしても構わない。フランスの舵《かじ》を取れるのは、この私を措いて他にはないのだから。

決めつけてから、ネッケルは答えた。

「全国三部会をドーフィネ方式で開くべしという意見と、一六一四年方式で開くべしという意見が対立しているのでございます」

「一六一四年方式というのは、ええ、わかります。九月にパリの高等法院が、この十一月六日にも名士会議が要求してきた、つまりは古式通りに開催したいという意味ですね。それで、ドーフィネ方式というのは」

やはり本当に知らないのだと、ネッケルは嘆息を強いられた。ながらも事実上の内閣首班ともされる財務長官として、説明はするしかなかった。

2――ドーフィネ方式

フランス南東、アルプス山麓《さんろく》に位置するドーフィネ州は、司法改革に反対する運動が最も激しかった土地のひとつである。州都グルノーブルでは六月七日、住民と鎮圧に乗り出した軍隊の間で、流血を伴う衝突が起きたほどだ。

さらに七月二十一日、近郊ヴィジルの城館に会した有志は、非合法ながら州三部会の召集を宣言して、運動のさらなる強化を模索した。このときドーフィネ州三部会は、いくつか新しい方式を試みていた。それがドーフィネ方式として、啓蒙《けいもう》思想に傾倒している開明派、つまりは最近になって「愛国派」と呼ばれるようになった一党に支持され、もって全国三部会を開催する際の、いまひとつの選択肢になっていたのだ。

「で、ドーフィネ方式と一六一四年方式では、なにが、どのように違うのですか」

「異なるのは二点でございます、陛下。ひとつは三部会の議員数です」

「続けてください」

「ドーフィネ方式では第三身分代表議員の数が、従来の倍に設定されております。つまりは聖職代表議員数と貴族代表議員数を合わせた数と同じでございます。この原則を来《きた》るべき全国三部会に適用しますと、聖職代表議員三百、貴族代表議員三百、第三身分代表議員六百ということになります」

「それが高等法院ならびに名士会議が代弁するところの、特権二身分の不満というわけですか」

「その上は共同審議になれば、ということです」

「続けてください」

「一六一四年方式では審議は各身分ごとの部会に分かれて行われます。これがドーフィネ方式では三身分が一堂に会して、意見を戦わせることになるわけですが……」

「身分違いが甚《はなは》だしくて、まともな議論にならないということですか」

そう確かめたとき、ルイ十六世は表情ひとつ変えなかった。悪びれる様子もなく、完全に他意がないということだろう。が、しかし、だ。

――陛下が問いを投げかけている、この私とても平民の出なのですぞ。

ネッケルは憤りの言葉を呑《の》んだ。あるいは正鵠《せいこく》を射ているのかもしれない、とも考えなおさないではなかった。まともな議論にならないというのは皮肉としても、高慢ちきな貴族どもの不満も、本音のところでは平民と一緒にされたくないと、その一語に尽きるのだろうと思ったのだ。身分で集う部会という形こそは、その特権を表現し、かつまた保障する最善の格式なのであり、これが守られないでは直ちに侮辱と感じてしまうというのが、子供じみた連中の感覚なのだ。

――流行のジャン・ジャック・ルソーではないが……。

あげくに万民の平等など謳《うた》われては、たまらないというわけだ。ネッケルはやりとりに戻った。いえ、陛下、恐れながら、身分違いで議論にならないということではございません。

「共同審議が採用された場合に問題になるのは、その投票方法でございます」

「続けてください」

「部会ごとに審議を行う一六一四年方式では、いうまでもなく議決も部会ごとに採られます。それを持ち寄り、全国三部会の総意とするわけですが、その際には各部会に一票ずつが与えられます」

「理にかなっているようですが……」

「いかにも。しかしながら、陛下、お考えください。全国三部会で新税の導入が諮《はか》られたといたします。これを聖職部会と貴族部会が否決したといたします。第三身分部会だけは可決したといたしましても、全国三部会の総意としては二対一の投票結果で、新税案の否決という運びになってしまうのです」

「…………」

「歴史に詳しい筋にいわせますと、古来全国三部会では、三身分の満場一致でなければ、議決は有効にならないのだとも」

ルイ十六世は表情を曇らせた。こちらのネッケルにすれば、驚くのが遅すぎると思わずにいられなかったが、その意気消沈だけは理解できないでなかった。すなわち、一六一四年方式では特権身分の意しか通らない。第三身分を味方につけられたとしても、はじめから王の議案は否決される仕組になっている。

「これがドーフィネ方式では違ってきます。共同審議では、もう身分の垣根がなくなっておりますから、各議員に一票が与えられる頭数投票が行われます。その結果が直ちに全国三部会の総意となるわけですが、ここで思い出していただきたいのは、先ほどの議員定数の問題なのでございます」

「続けてください」

「同じく新税の導入が諮られ、同じく聖職代表議員と貴族代表議員の全員が反対票を投じたといたします。第三身分代表議員は全員が、こちらは賛成票を投じたといたします。そうすると、投票結果は六百対六百になります。新税案の否決には運ばず、最悪でも差し戻し審議になります。これが特権二身分のなかに賛成票を投じる議員が一人でもいたならば、五百九十九対六百一で新税案は可決されることになります」

ルイ十六世の目が輝いた。やんごとなき国王陛下といえども、本音はひとつということだ。つまりは、なんとしても新税を認めさせたい。要するに金がほしい。が、そうした浅ましい言葉は決して口に出さないことも、承知しないネッケルではなかった。

「ええ、ええ、財務長官の立場にすれば、是が非でもドーフィネ方式を採用したいわけですが……」

「できますか」

「そこでございます」

実際のところ、ドーフィネ方式を採用すれば、可決の公算は高くなるはずだった。特権二身分に国家の赤字を負担させる案であれば、第三身分は共感を抱《いだ》くに決まっている。大臣の椅子《いす》や多額の年金を餌《えさ》にすれば、聖職身分、貴族身分からも一人や二人は簡単に引き抜ける。なかには「愛国派」と呼ばれる開明派貴族もいる。が、それを予見するがために、特権二身分の反対も一通りでないのである。

「陛下、ここは高度に政治的な判断をなされるべきかと」

ネッケルは続けた。王は無言で先を促した。

「つまりは、ひとまず第三身分代表議員数の倍増だけを布告なされてはいかがかと」

「特権二身分は、それで満足するでしょうか」

「満足はいたしますまい。けれど、妥協の余地はありましょう」

第三身分代表議員の数が倍になるだけでは、特権二身分の優位は揺るがない。決定的な問題は共同審議を認めるか、頭数投票で決めるかと、こちらのほうだ。

「審議の方法、投票の方法につきましては、保留のままでよろしいかと。全国三部会における議論で、議員たち自らに決めさせてはいかがかと」

犬たちの吠え方が尋常でなくなっていた。陛下、やはり猪です。たっぷり団栗《どんぐり》を食らって、まるまる肥えた大物です。供たちの言葉は喜色に満ちるというよりも、すでにして追い詰められた金切り声だった。主君に仕留めさせるために、わざと銃撃を控えているということだろう。犬たちをけしかけて、逃さず取り囲んでいるのも、そろそろ限界ということだろう。のみか、このままでは手負いの野獣に反撃されかねない。怪我をしたところに王の不機嫌顔が到着するのでは、それこそ合わない。

家来の心中を察したというより、恐らくは獲物を逃したくない気持ちから、ルイ十六世は俄《にわ》かに落ち着きを失った。こちらに続けた言葉にも、明らかに苛立《いらだ》ちが滲《にじ》み始めた。

「財務長官殿、それで王家の意向は通るのですね」

「小生が議場に立ちます。財政議案に関するかぎりの特例として、頭数投票で採決するよう、小生が議員たちを説得してみせます」

「ですから、できるのですね、そういうことが。それならば、ええ、よろしい。あとは財務長官殿にお任せいたします」

ルイ一六世は馬の手綱を取った。従者に助けられながら、鞍《くら》に跳ね上がるときまでには、もう表情が晴れ晴れしていた。あとは猟銃の肩紐《かたひも》を確かめて、獣の蹄《ひづめ》に森の下草を削らせるのみである。

「あとはお任せします、だと」

残されたネッケルは吐き捨てた。そんなに簡単な話ではない。なお事態の紛糾は必至だ。貴族連中の自尊心ときたら、ほとんど執念に近いものなのだ。

——それにしても……。

ぷっと噴き出し、ネッケルは笑いに流れた。平素愚鈍なルイ十六世が、なんと素早い身のこなしであったろうか。のみならず、馬の背に上下しながら、遠ざかる王の丸い背中ときたら、なんと安堵感《あんどかん》に満ちていることだろうか。あるいは女房に尻を叩《たた》かれてきたか。有名な浪費夫人、あの王妃マリー・アントワネットに、新しい宝石を買いたいとでもねだられてきたか。

笑いが止まらなくなった。そうするうちに気分まで明るくなり、目の前の難事さえ、なにほどのものでもないように思えてきた。ああ、そうだ。三部会など大した問題ではない。一六一四年方式でも、ドーフィネ方式でも構わない。あげくに新税案が否決されても、大騒ぎするほどの話ではない。

——ただ全国三部会が開かれるだけでよい。

ネッケルにいわせれば、フランスの財政難は根本的な国家の不備にあるのではなく、単なる政策の失敗によるものだった。

王妃の浪費は笑い話として、痛いのは巨額の戦費である。わけても、アメリカ独立戦争に肩入れしたのが拙《まず》かった。なんの見返りもなく、ただイギリスに睨《にら》まれただけだったからだ。あの無駄な出兵が災いして、フランスは一気に破産状態まで転落してしまったのだ。

とはいえ、もう御手上げというわけではない。少なくともブルジョワには、経営の知恵と常識というものがある。ああ、実は簡単な話だ。

――大型の融資さえ実現できれば、財政再建は可能だ。

現下のフランスは、王の失政を理由に信用が極端に落ちこんだ状態である。杜撰《ずさん》な経営を呆《あき》れられ、金の貸し手がいなくなった会社と同じだ。ならば、信用を取り戻せばよいのだ。

――全国三部会の意味は大きい。

ただ開かれるだけでよいというのは、それ自体が経営陣の刷新と同じ意味になるからだった。王家の拙速を全国三部会が正すがゆえに、フランスは向後《こうご》より危なげなく、より健全な方向に歩んでいける。そう仄《ほの》めかすことさえできれば、それだけで目敏《めざと》い金融界は振り向いてくれるはずなのだ。

——あとは私が辣腕《らつわん》をふるう。

もう全国三部会は必要ない。であるからには、議員定数も、審議方法も、投票方法も、かまびすしく云々《うんぬん》する意味がない。それでは伝統に反するだの、それでは不公平だのと、議員選挙の方法についてまで喧《やかま》しくする向きがあるが、どこの誰が、どのようにして当選しようと、大して重要でないのである。

——ただ三文文士だけは勘弁ねがいたいものだな。

ネッケルは最後に独り言《ひとりご》ちた。ああ、三文文士だけは始末に悪い。ひとのことを、多少の蓄財に増長した、浅はかな虚栄心の塊《かたまり》でしかないだと。とても政治など任せられない、金儲《かねもう》けだけの山師だと。そんな風に悪口を際限なくすることで、あらぬほうへと世論を導き、こちらの足を引っぱりかねないから、三文文士は始末に悪い。

ネッケルが舌打ちするのは、つい前日にも高等法院に働きかけて、ひとりの逮捕状を発行させていたからだった。財務長官攻撃を派手な活字にしていたのは、放蕩《ほうとう》生活の報いで、ほとんど破産同然になり、あげくに幾許《いくばく》かの金を貰《もら》えるなら、善意の企業を中傷するも、王家の施策を扱《こ》き下ろすも平気という、まさに売文家の輩だった。いやはや、本当に始末に悪い。ああ、そういえば、彼奴《きゃつ》も貴族の端くれだったな。

——零落した伯爵は、確か名前をミラボーとか。

四輪馬車の車室に落ちつくや、ネッケルは急に恥ずかしくなってきた。あんな下らない男を相手に逮捕状などと、少し大人げない真似《まね》をしたかもしれないと。まだ間に合うならば、急ぎ取り消すべきかもしれないと。

「いずれにせよ、馬車は出せ」

ヴェルサイユの森が暗さを濃くしていた。姿をみせない鳥までが不気味に甲高い声を響かせるならば、それを厭う気持ちは根拠のない臆病ではない。すでにして、不吉な前兆そのものだからだ。この季節は夕暮れが早いのだ。頻々《ひんぴん》と狩猟に入って、土地勘があるでなく、下手《へた》をすれば帰り道にも迷ってしまう。そのときは夜に呑まれて、冗談でなく遭難だ。

「だから、急げ」

と、ネッケルは声を大きくした。逃げるが勝ちとはこのことだ、とも心に呟《つぶや》いていた。

3——プロヴァンス

「それが本物の議会といえますか」

真の代表といえるのですかと、ミラボーは一番に吠《ほ》えてみせた。

声量たっぷりの太い声は、有無をいわさぬ迫力を帯びると同時に、威厳あり、余裕あり、さながら獅子《しし》の咆哮《ほうこう》といったところか。我ながらに思うのは、こんもり頭上に山にして、それから項《うなじ》にふさふさと垂れていく巻毛の鬘《かつら》を、たっぷりの白粉をかけながら整えていたからだった。

頭ひとつ抜けた長身であり、ずんぐり背中が盛り上がるほど、がっちりした造りでもある体軀《たいく》と合わせて、これは猛々《たけだけ》しい獅子さえ連想させるに違いないと、したたかなミラボーは効果を見越して乗りこんだのだ。

——うむ、悪くない。

獅子の演出は、もう四十歳という年齢とも絶妙に合うものだった。

若い頃は老けてみられ、歳《とし》を重ねてからは若くみられた。であれば、四十歳はミラボーにとって、最も自然で、最も心地よい年齢だった。ああ、不遇が続いた人生も、ようやく稼ぎどきということだ。俺《おれ》は今こそ猛々しい百獣の王になってやるのだ。

そうして賭《か》けて出た一手は、あながち外れではないようだった。実際のところ、エクス市政庁に設けられた議場に響いて、びりびり四壁を振動させれば、声は居合わせた人々に確かな霊感を与え果たせたようだった。

「ミラボー、あんたは本物の英雄だ」

返る言葉も期待通りである。本当だ。本当だ。あんたみたいな救世主を、俺たちは皆で待っていたんだ。つまりは俺たちがいいたいことを、ズバッといってくれる男だ。なんていえばいいのかわからないような話まで、きちんと言葉にしてくれる男だ。

それまで静まりかえっていた議場が、一気に煮たって騒然となっていた。手を叩《たた》き、足を踏み、さんざ音を立てたあげくに、ぐるぐる頭上で脱いだ上着まで振り回す。その顔という顔が興奮して、のみか喜びに輝いているようにさえみえる。そうか。やはり、そうか。この俺は待望されていたのだな。

そう悦に入ったからと、ミラボーは有頂天になるでもなかった。寄せられた賛辞は発言権のない、傍聴席の言葉でしかなかったからだ。

「静粛に、静粛に」

何度いったら、わかるのだ。勝手に喋《しゃべ》るような奴《やつ》は、即刻つまみだすと警告したはずだぞ。苛々《いらいら》して口髭《くちひげ》を噛《か》みながら、ラ・ファール氏が卓に木槌《きづち》を打ちつけていた。エクス市の執政は、州三部会でも議長役を務めたわけだが、お偉いさん然として重々しい平素に反して、こうまでムキになられてしまうと、もう威厳も貫禄もあったものじゃない。木槌にしても、誰かを魅了する類《たぐい》の音とはいいがたかった。それどころか、暴力的な響きが伴う。渋々という感じで傍聴席の騒ぎは引けていったが、あちらも、こちらも、お互いさまの激し方は、これまた懐かしいばかりの土地柄のひとつだった。

——はん、俺がプロヴァンスを飛び出して、もう何年になるのか。

それはフランス王国も最果ての土地だった。

南東の角を占めながら、水青き地中海に臨んでいるからには、イタリアだとか、スペインだとか、かえって外国のほうが近い。パリだの、ヴェルサイユだの、北部を訪ねようと思うなら、うまく馬を調達できても、六日の旅を要するくらいである。どんな事件も向こうで起きれば、ほとんど別世界の出来事だ。それでもフランス王家の触れだけは、洩《も》れなく届くというのだ。

やはりフランスは一にして不可分の国である。だからこそ、この俺も辺鄙《へんぴ》なプロヴァンスくんだりまで、わざわざ戻ってきた。

「ええ、そうなのです。全国三部会の布告は、昨年あまねく王国に等しく届けられました。さらに詳細を定めた今一七八九年一月二十四日付の王命にも従いながら、やはり等しく各地で議員の選出と陳情書の作成が始められております。だというのに、プロヴァンスばかりが不条理に手を染めて、はたしてよいものでありましょうか」

不条理とミラボーが罵《ののし》るのは、プロヴァンス州では議員の選出と陳情書の作成が、州三部会の仕切りで行われるような話になっていたことだった。

州三部会というのは、全国三部会と別に「三部会州」と呼ばれる特定の州にだけ認められた、地方の代議機関である。一種の地方特権で、王家に求められた税金に協賛するほか、州内の公共事業なども取りしきっている。しかし、だ。

「なんといっても、こたびの選挙だけは特別です。全国三部会の議員というのは、あまねく州で公正かつ公平に、バイイ管区ごと、セネシャル管区ごとで、選出されなければならないのです」

こちらのバイイ管区、セネシャル管区というのは、王家が全土に敷いている地方の代官管区のことである。プロヴァンス州も例外でなく、いくつかのセネシャル管区に分けられている。が、例外でないことが気に入らない向きもある。

「州三部会の特権は、ラングドックでも認められているじゃないか」

「ブルターニュの選挙も、州三部会の管轄だと聞いているぞ」

「プロヴァンスばかりを責めて、妙な因縁つけなさんな」

今度の野次は議席からだった。先刻の騒ぎに比べて何上等というわけでなく、やはり手を叩き、やはり足を踏み、なかんずく同じといえば、やはり議長に許可された発言ではなかった。が、ラ・ファール氏は咎《とが》めずに流した。それをよいことに議席のほうは、さらに嵩《かさ》にかかって野次ろうとする気配だった。そんなもの、英雄とも、救世主とも呼ばれたからには許してなるかと、ミラボーは自慢の大声で圧殺してやった。

「だからと、自分まで笑いものに落ちるのか」

「…………」

「フランスだけではない。ヨーロッパ中が注目しているのだ。そのこと、よくよく考えてから、口を開くがよい」

議事が紛糾していたのは他でもなかった。疑問の声を無視する形で、なし崩し的に開催が決められて、プロヴァンス州三部会は予定通りの一七八九年一月二十六日、いよいよ開会を宣言した。三十日、議員候補の受け付けと陳情書の審議を始めた議場に、いきなり演説許可を求めたのがミラボーだった。

「その実におけるプロヴァンス人民の非合法的代表について」

そう大胆不敵な題を設けて、自らが立つ議場そのものを反故《ほご》にしたいと訴えて出たのだから、さあ、大変というわけである。

「確かにプロヴァンスは三部会州であります」

と、ミラボーは演説を再開した。しかしながら、一六三九年を最後に今日まで開かれておりません。かわりに各市の代表でなる自治体集会が、年に一度ランベスクで開かれてきただけ……。

「だから、州三部会を再興しなければならないのではないか」

「一六三九年が最後というが、それこそリシュリューに潰《つぶ》されたという意味なのだ」

「パリ暮らしが長すぎて、ミラボー、おまえ、すっかり北部にかぶれてしまったのではないか」

めげない議席は再びの野次だった。ちなみにリシュリューとは前世紀に活躍した王家の宰相である。全土の集権化を強力に推し進めた「暴君」として、フランスではその名を知らぬ者もない。

ミラボーは受けて答えた。けれど、今上《きんじよう》ルイ十六世陛下は暴君ではありません。

「それが証拠に全国三部会を開こうとしておられます。一方的に施策を押しつけるのでなく、諸身分の意見を聞いてくださろうというのです」

「ならば、どうして州三部会が悪いのだ」

「すでに申し上げましたように、州三部会で選出された議員は、真の代表とはいえないからです」

「どうして、そうなる」

「議席を手にできる資格が限定されすぎているからです。貴族議員は累代の領主貴族だけということでは、封土《ほうど》を持たない多数の貴族を代表できません。聖職議員は裕福な司教、大修道院長だけということでは、教会の貧しい司祭を代表できません。第三身分議員は市長や執政の集まりにすぎず、多くは事実上の貴族なのです」

絶えず飛びこもうとする野次を、ミラボーは威嚇にも似た大声で、こちらも不断に制し続けた。聖職者といって、それも高位聖職者だけをお召しなのでしょうか。国王陛下ははたして領主貴族、もしくは封土保有者だけをお召しなのでしょうか。それなら、これまた貴族と同じです。とすると、誰が名もない人民を代表するというのですか。

「なにを寝ぼけたことを。土台が平民など関係ない話ではないか」

「そうだ、そうだ、これは王と貴族の戦いなのだ」

「世直しといっても大袈裟《おおげさ》ではない。我ら誇りある貴族が皆して、オーストリア女などに贅沢《ぜいたく》させている王家に反省を強《し》いるのではないか」

はんと鼻で笑う気分で、ミラボーは思う。世直しと打《ぶ》ち上げたところで、並の貴族にできるのは、せいぜいが封建反動くらいのものではないか。

「そうだ、そうだ、その通りだ。古き良き伝統は神聖なものなのだ。それを守らなければならない。余所《よそ》が腰砕けの体《てい》なら、プロヴァンスこそ領主と聖職者の免税特権を守れる強い議員を、是非にも選ばなければならない」

と、議席の連中は続けた。事実、プロヴァンス州三部会は王家が定めた第三身分代表議員数の倍増も認めず、聖職代表、貴族代表、それぞれと同数しか選出しない方針だった。それも貴族と変わらない有力者のなかから選ばれるとなれば、実質的に平民を代表する議員は皆無となる。

「それは、おかしい。聖職身分の要望は要望として、貴族身分の訴えは訴えとして、それはおありになるのでしょうが、召集されているのは全国三部会なのです。第三身分にも議席が与えられる場です。国王陛下は御心《おこころ》やさしくも、名もない庶民の声にまで耳を傾けてくださろうというのです」

「そうだ、そうだ、ミラボーのいう通りだ」

議長ラ・ファールの木槌が打ち鳴らされた。であるからには、賛同の割りこみは再び傍聴席からだった。なるほど、プロヴァンス州三部会では議席は貴族、もしくは貴族に類する高位聖職者と上層市民のもの、傍聴席はどうやっても発言権を手に入れられない庶民のものなのだ。

「少しは身分をわきまえろ」

木槌の連打は、そう叱《しか》りつけているようでもあった。が、もはや傍聴席は聞かなかった。すでにミラボーの口から、霊験あらたかな名前が飛び出していたからだ。ああ、なにを脅しつけているのだ。ラ・ファール、おまえ、なにさまのつもりだ。偉そうにしているが、高々エクスの執政ではないか。おまえなぞ、なに怖いことがあるか。

「我らには王さまがついているのだぞ」

全国三部会が召集されたと耳にした、それが庶民の受け止め方だった。

4——気づき

事態は意外な展開をみせていた。全国三部会の召集まで運んだのは、確かに貴族の運動だった。特権が奪われる、特権が奪われると、大袈裟《おおげさ》なくらいに騒ぎながら、王家をフランスの巨悪に仕立てあげたわけだが、反対に庶民のほうは尊王の意識を前にも増して高めていた。こちらは日々の生活を奪われると、貴族をこそ悪とみなしていたからだ。新税に反対するとかしないとか、それどころの話ではない。貴族と聖職者の免税特権というからには、フランスでは税金を払うのは平民だけだった。少なくとも直接税は、そうだ。

もちろん、税金を払いたくないとはいわない。御上《おかみ》の世話になることもあるからだが、それに加えて領主貴族には年貢を納めさせられ、聖職者には「十分の一税」と呼ばれる布施金を支払わされる。これでは二重取り、三重取りである。どうにも納得いかないが、名士会議に招かれるわけでなし、高等法院にポストがあるわけでなし、しがない庶民には発言のしようもなかった。

鬱々《うつうつ》として日々を暮らしていると、あるとき唐突なばかりの印象で、王さまが全国三部会を召集すると宣言した。おまえたちの話を聞こうではないかと、そういってくれたのだ。

これは興奮せずにはいられない。聖職者や貴族に増して、気勢を上げずにはいられない。なおも発言権を独占して、こちらの口を塞《ふさ》ごうとするならば、敬うべき司教も、尊ぶべき領主も、金輪際で恨まずにおけるわけがない。

──そういう風向きが並の貴族には読めない。

いや、それが王家の大臣であったとしても、やはり思い及んでいないに違いなかった。当の第三身分にせよ、自らの体内で暴れ始めた血の動きには気づくことができたとしても、それを全体どうやって、どこに向ければよいのか、恐らくは判然としているわけではない。

──が、この俺は違う。

俺だけはわかっていると、ミラボーは議場に立つほど、いよいよ自信を深めるばかりだった。ああ、俺には全てが手に取るようにわかる。居丈高な木槌《きづち》で脅すくらいでは、もう人々は黙らない。この真冬にもかかわらず、背中に湯気を立ち上らせるほど熱くなり、通りに面したガラス窓まで曇らせる連中が、陳腐な脅しの程度で引き下がるわけがない。が、どうやっても黙らないわけではない。

演壇に陣取るまま、ミラボーはゆっくりと右手を上げた。議長の制止など歯牙《しが》にもかけない連中が、それだけで静まりかえった。やはり、そうだ。

どよめく議場の狼狽《ろうばい》に反して、ミラボーには驚くまでもない反応だった。とはいえ、こうまで思い通りに運んでみると、あとに続ける言葉は自分の耳にも、なんだか預言者めいていた。ええ、ここで根本に立ちかえって考えましょう。つまりは陛下の御心《おこころ》を別としても、フランスの未来を論じようとするときに、第三身分が無視されてよいのかと、そうした命題を立ててみたいと思うのです。

「私は第三身分こそ最も重要な身分だと考えております。ひとつ想像してみてください。第三身分なくして、特権二身分だけで国家は体をなすでしょうか」

フランスの人口は、おおよそ二千三百万である。そのうち聖職者は十万に満たない。貴族も四十万を超えるものではない。残りの二千二百五十万余が第三身分ということになる。

「第三身分であるならば、それのみで、つまりは特権二身分なくしても、なお国家らしいものを形作ることができるでしょう」

議場の反感が、ざわと不穏な気配になった。それが具体的な言葉になる前に、ミラボーは先取りした。国家を国家たらしめる身分だから、もって国家たらしめない二身分に勝るのだとは申しません。後世そうなることがあったとして、やはり私は現代の人間なのです。この時代の常識から独り離れたいというつもりはありません。それでは現代に正しさを問えるとも、己の分別を役立てられるとも思わないのです。しかしながら、なお問いたい。我々の生きている、この時代においてさえ、国家を国家たらしめない二身分が、国家そのものである第三身分に勝るとは、いえないのではないですか。いや、やはり貴族特権は尊い、万人のために責務を負う準備もあると、いくら自分に言い聞かせてみても、恐らくは虚《むな》しい徒労に終わるばかりでしょう。そんな理屈は万人が絶対に認めないからです。

「万人が我々を認めないのですぞ」

そう言葉を大きな音にしたとき、ミラボーは嚙《か》みつかんばかりに前歯を剝《む》き出した。実際の意図としても貴族たちを恫喝《どうかつ》し、しゅんと議場を射竦《いすく》ませてやるつもりだった。ああ、なにが悪い。獅子とは牙《きば》を剝くものではないか。

しかして議場は静まりかえった。まさしく獅子に睨《にら》まれて、自ら敗北を認めた兎《うさぎ》のようだった。が、兎のなかにも勇気あるものが、というより誰かに屈伏することを忘れて久しい、頑固なまでに高慢なものがいるようだった。

言葉を返してきたのは、当の議長ラ・ファール氏だった。

「ミラボー、おまえとて貴族ではないか」

嘘《うそ》ではなかった。オノレ・ガブリエル・リケティ・ドゥ・ミラボーは、確実なところでも由緒を十六世紀まで遡《さかのぼ》れる、生粋《きっすい》のプロヴァンス貴族だった。

貴族の間でも垂涎《すいぜん》の的である、伯爵の位まで帯びている。でなければ、封建反動はなはだしいプロヴァンス州三部会に、議席を与えられるわけがない。傍聴席の野次ならぬ、演壇での発言が許されるわけがない。

「いかにも、小生は貴族の端くれです。また貴族であることに自負もあります」

ミラボーが認めると、それを守勢に回ったと解釈して、議席は勢いを取り戻した。それなら、平民のことなど心配してやることはあるまい。あるいは流行のルソーかぶれということか。

「それなら、貴族身分は捨てたらよかろう」

「捨てるより先に、州三部会の名前で取り上げてやる」

「ああ、貴族を名乗る資格など、とうにないぞ。放蕩三昧《ほうとうざんまい》、醜聞まみれのミラボー伯爵さまといえば、プロヴァンス貴族の面汚しとして、子供でも知ってるくらいだ」

「不良貴族が、どの面さげて、のこのこプロヴァンスに戻ってきたんだ」

ミラボーは今度は誰を威嚇しようともしなかった。ただ縋《すが》るような目を議長席に投げた。されれば、世人に認められた地位ある人間なのだ。ラ・ファールの輩《やから》は弱者に情けをかけるのが、なにより好きなはずだった。ああ、わかった。静粛に、静粛に。

「さてと、ミラボー伯爵、あなたも貴族というのならば、そろそろ貴族の立場で発言なされたほうがよろしいのではないですか」

「そこなのです。貴族だからこそ、いうのです。明日には必ず剝《は》ぎ取られてしまうものを、率先して与えられるほど、我が身分は賢くあってほしいと、そう望んでいるだけなのです」

「剝ぎ取られる、ですと。賢く、ですと」

「ラ・ファール殿、ひとつ歴史の教訓を思い起こされたい」

「今度は歴史と」

確かめられて、頷《うなず》きは返したものの、もうミラボーは議長になど目もくれてやらなかった。言葉を向ける先は議席さえ飛び越えた、彼方《かなた》の傍聴席でしかありえない。ええ、歴史です。あらゆる土地、あらゆる時代で、貴族というものは必ずや、人民の友となったものに追い落とされてしまっています。その人民の友が貴族のなかから出たとするなら、それを残りの貴族たちが一番に攻め立てるというのも、また一種の法則です。

「かくて古代ローマのグラックス兄弟は愛国者の眼前で亡くなりました。しかしながら、空高くに舞い上がった灰は、復讐《ふくしゅう》の神に働きかけたのです。グラックス兄弟の灰こそがマリウスを生んだのです。キンブリ族を掃討したことにおいて偉大なのでなく、ローマで貴族を倒したことにおいて偉大な、あのマリウスのことです」

ちなみにグラックス兄弟とは、共和政ローマで国政改革を断行した二人の護民官、ティベリウスとガイウスのことである。同じく国政改革の雄であるマリウスは、こちらは門閥派を向こうに回した民衆派の英雄として有名である。

そのことを傍聴席の庶民が、恐らくは正確に理解できたわけではなかった。グラックスとか、マリウスとか、どこかで聞いた名前だとは思っても、その詳しい歴史など知らない人間が大半なのだ。それでも、だ。このミラボーの口から飛び出して、もっともらしく聞こえさえすれば、もう十二分に熱狂できるはずなのだ。

現に傍聴席の騒ぎ方は、大砲の暴発を連想させるものだった。もちろん木槌は連打されたが、その殴打するかの音さえ掻《か》き消されて、もうトンとも聞こえてこない。

「いいぞ、いいぞ、最高だ、ミラボー」

「やっぱり、あんた、英雄だ。第三身分の英雄なんだ」

「本当に貴族なんかにしておくのが、もったいないくらいだ」

口々に叫ばれる言葉の渦に揉《も》まれながら、なお自分の声だけは通るだろうと、ミラボーは決めの台詞《せりふ》に手をつけた。ああ、特権身分は哀しきかなだ。特権は約束されたものではないからだ。特権は滅びうるものでさえあるからだ。

「それでも人民は不滅だ」

人民は不滅なのだ。人民は不滅なのだ。そう何度も繰り返して、ミラボーは喉《のど》も破れよとばかりに声を張り上げた。

人々の興奮に負けず、根が激情家である。血が沸騰するに任せて、どこまでも突進する。これまでも、そうだった。それで相手も必ず心動かされ、あとは勝手についてきた。だから、よい。これでよいとは思うのだが、いつだってミラボーは最後の冷静な一点まではなくさなかった。いや、なくすることができなかったというべきか。

「ああ、ミラボー、あんた、ただの怪物じゃないぞ」

いつ止《や》むとも知れない賛辞の言葉を、左右ともに突き上げた大きな拳《こぶし》で受け止めながら、ミラボーは独り心に冷たい言葉を零《こぼ》していた。怪物か。颯爽《さっそう》たる獅子とはいかずに、やっぱり俺は怪物なのか。

――ああ、俺は確かに怪物だ。

ミラボーは自分を認めた。事実、そうした言葉で自分を片づけ、今日まで生き抜いてきた。

拗《す》ねたのではない。怪物でなければ送れない人生を送ってきたと、ミラボーには自負さえあった。だから、怪物で結構だ。でなければ、こたびのことは手に余るからだ。ああ、プロヴァンスを手始めに、この俺が前代未聞の怪物として、ひとつフランスをひっくり返してやろうじゃないか。

5――嫌われて

実際のところ、ミラボーは醜男《ぶおとこ》だった。大小さまざま黒い斑点《はんてん》を記している、見苦しい穴だらけの相貌《そうぼう》だからだ。

ごくごく幼い頃に天然痘《てんねんとう》の治療を間違えられ、そのとき破裂した膿疱《のうほう》が生涯の跡になっていた。初めて目にした人間には、ぞくと背筋が寒くなるくらいの瑕《きず》であるため、怪物と揶揄《やゆ》されることに不思議はない。が、他面でミラボーには世人に怪物と蔑《さげす》まれるよう、自ら意図して破天荒な人生を選んだようなところもあった。

十七歳で軍隊に入り、二十二歳で中隊長に昇進と、ここまでは貴族家門の長男として、まずまず理想的な人生を歩んだ。ところが、そこでミラボーは退役した。直後にはプロヴァンスまで出奔した。度を超えた放蕩《ほうとう》生活の始まりだった。

それは博打三昧《ばくちざんまい》で巨額の負債を抱え、帳消しにするために今度は怪しげな投資に絡むというような日々である。あとは手あたり次第に文章を書き散らすくらいのものか。

今一七八九年もミラボーの自称は作家だった。もちろん、文壇で高名を博しているわけではない。かろうじて高いといえば、むしろ悪名のほうだった。盗作剽窃《ひょうせつ》くらいは平気で、他人の作品を自分の名前で勝手に出版することもある。もちろん自分でも書くが、政治評論から、歴史小説から、ポルノから、そこそこの文才をよいことに、原稿料さえ貰《もら》えるなら、誰の依頼も断らず、また誰の誹謗中傷《ひぼうちゅうしょう》も引き受ける。

節操がないといえば、こちらではフランクリン氏の注文で新進国家アメリカ擁護論を書き、と思えば、あちらでは皇帝ヨーゼフ二世陛下の御所望で旧態依然たるオーストリアを褒《ほ》め称《たた》える。質《たち》が悪いといえば、サン・シャルル銀行だの、パリ水道株式会社のペリエ兄弟だの、羽振りのよい相手を手ひどく叩《たた》いては、それらの競合企業から大枚を引き出すような真似《まね》もする。

泡銭《あぶくぜに》を手に入れては、見境ない浪費で吐き出し、それどころか倍して借金を拵《こしら》える。四十年を数えるミラボーの人生は、その絶えざる繰り返しといってよかったが、出入りが激しいというならば、また女性遍歴のほうも常軌を逸していた。

醜男だからと、ミラボーは引け目を覚えたりしなかった。それどころか、早くから気がついた。女という美しさが売りの気まぐれな生き物は、こちらが余儀なくされている野獣さながらの醜さにこそ惹《ひ》かれる、いや、荒々しく征服されたがるものなのだと。

一応は結婚もした。妻の名前はエミール・ドゥ・マリニャーヌというが、この二十二歳で縁付けられた金持ち貴族の令嬢のほうは、ろくろく触ることもなしに、プロヴァンスに置き去りにしてある。というか、早々の不倫相手というのが、実の妹だった。これが醜聞沙汰《ざた》になるや、もう保守的な地方などにはいられなくなったのだ。

とはいえ、妹のことは、ほんの悪戯《いたずら》だったにすぎない。ミラボーは下腹の疼《うず》きに抗《あらが》うことなく、それからも行く先々で愛人を作り続けた。そのたび派手な醜聞を世に流し、ドルの会計院長夫人ソフィー・ドゥ・モニエに手を出したときなどは、亭主一族の恨みを買うことになり、冗談でなく殺されかけたほどだ。

愚かしいと、自分でも思わないわけではない。どんな美人も、高貴の夫人も、裸にしてしまえば同じなのだと達観さえありながら、それでも落ち着くことができない。博打も然《しか》り、投資も然り、政界雀《すずめ》のような真似をするのも然りであり、もっともっとと渇望する激情を、どうでもミラボーは抑えることができなかった。

——どうして、こうなる。

自らを省みれば、屈折した心の根のところには、問うまでもなく両親が座していた。その醜さを最初に疎んじた人間こそ、実の両親だったからだ。

母親には拳銃《けんじゅう》で撃たれかけたことさえある。が、それに関していうならば、恐らくは一時の激情に駆られた、発作的な過失にすぎなかった。そう弁護するミラボーは、なお溺愛《できあい》されたわけではないと認めながら、母親のことはそれほど恨んではいなかった。

――憎しみが深いのは、父親ヴィクトルのほうだ。

ミラボー侯爵ヴィクトル・リケティは単なる田舎《いなか》貴族ではなかった。重農主義の立場を取る経済学者で、『人民の友』、『租税理論』というような著書もあった。が、リベラルな進歩派を気取るような表の顔を、長じるにつれて知るほどに、ミラボーは増して許せなくなった。醜い、醜いと息子を罵《のの》り続けた父親は、家では開明的なところなど欠片《かけら》もない、まさに暴君だったからだ。

ミラボーは、これに激しく反発した。幼い頃からの反発が知らず知らず、今日の反逆児を育《はぐく》んだともいえる。が、あちらの父侯爵も引かなかったのだ。

自分の意向を無視し、ならばと厳に命令しても聞かない息子が、あまつさえ余所《よそ》で巨額の借金を作り、あるいは数多《あまた》の女を相手に醜聞を起こすようになると、たちまち禁治産の措置を講じた。のみか、王家に封印状を出させて、逮捕させることまでも辞さなかった。

マルセイユ沖のイフ城、ジュラ山中のジュー砦《とりで》、パリ郊外のヴァンセンヌと立て続けに収監され、実のところミラボーは延べ数年にも及ぶ投獄生活を経験していた。自らの借金と不倫の報いであるとはいえ、スイス、オランダ、ドイツと渡り歩いた無軌道な放蕩生活は、他面で封印状の魔手から免れるための逃亡生活でもあった。

――高いところから、ひとを押しつぶすような真似をして……。

父侯爵だけは許せない。その思いがミラボーをして、自らの振る舞いを素直に改めるのでなく、反対に意図して挑発するかのように、いっそう過激な繰り返しに駆りたてていた。ああ、止められるわけがない。容易に収まるわけがない。あの親父《おやじ》が、またしても、やってくれたのだから。

話はプロヴァンスに戻る。

一月三十日のミラボー演説は、いうまでもなく州三部会を激震させた。許されざる侮辱と解した貴族身分は即日の決定で、その発言内容を議事録から削除した。一週間の時間を置いて、あらためて設けられたのが、二月八日の査問委員会だった。

呼び出されたミラボーは、その場で議員資格を追及された。発言内容を責められるのでなく、議員資格を問われたのだ。

貴族の血筋は万人周知の事実である。が、なんでも封土《ほうど》保有を裏づける古文書を提出していないとかで、これを明示できないかぎり、州三部会の議席を剝奪《はくだつ》されざるをえないらしいのだ。

問い合わせがあったのは、もちろん数日前の話である。八日までに必要書類を用意しろといわれたので、ミラボーは領地に隠遁《いんとん》する老父に頼んだ。獄《ひとや》を解かれ、なお褒められた生活ではないながら、相応に自活している息子を認める気持ちもあるかと思いきや、依然として侯爵は頑《かたく》なだった。古ぼけてみえるように細工してある、偽の羊皮紙一枚も出そうとせず、かわりにオノレ・ガブリエルという息子は、とうの昔に廃嫡《はいちゃく》してありますよと、余計なばかりの所見を州三部会に提出した。

査問の結果は、いうまでもない。ミラボーは議員資格を剝奪された。州三部会からの、事実上の追放だった。

――どっこい、こちらは生まれついての反逆児なのだ。

その程度の悪意で挫《くじ》けてしまうわけがない。それどころかミラボーは、いや増して闘志を燃やすばかりだった。実際のところ、州三部会がなんだというのだ。この俺《おれ》さまを向こうに回して、全体なにができたというのだ。

「いや、本当に、伯爵の人気ときたら、今や凄《すさ》まじいくらいですよ」

そう評したジュベールは、エクス在住の弁護士だった。根の真面目が出ているような四角ばった顔の男は、このプロヴァンスでは貴重な部類の本当の紳士であり、ミラボーにとっても数年来の友人だった。エクス在住といえば、戸籍上の妻エミールなども今なお邸宅を構えていたが、その実家と訴訟沙汰になったとき力を貸してくれたというのが、そもそもの友情の始まりである。

その三月二十三日にも、ミラボーは夕食に招かれていた。気の置けない友人と向き合いながら食後酒など楽しめる一時は、多忙を極めた二週間の褒美として与えられた久方ぶりの休息ともいえようか。

ミラボーは微笑で受けた。

「なにを、ジュベール、これで人気者という奴《やつ》も、なかなか疲れるものなのさ」

「それは伯爵の仰《おっしゃ》る通りですね。ええ、ええ、エクスに戻られた折りの騒ぎときたら、私も忘れられませんよ」

ジュベールが取り上げたのは、三月六日の顚末《てんまつ》だった。

州三部会から追放されて間もなく、いったんミラボーはパリに戻った。すごすご逃げたわけでなく、パリにはパリの用事があった。

——というか、呼び出された。

なんでも昨年暮れに出版した本が、発禁処分にされたとか、すでに出版された分の回収がうまくいかないとか、あげくが高等法院が訴追の手続きを進めているとか、とにかく出頭するようパリから命令が届いたのだ。

——ネッケル先生の仕業だな。

黒幕を看破しないミラボーではなかった。はん、金融馬鹿が、根は腰ぬけのくせしやがって。そう不遜《ふそん》な台詞《せりふ》まで回しながら、堂々パリに乗りこんでやると、みたことか、そのときまでには逮捕されるという話も沙汰《さた》止《や》みになっていた。やはり腰ぬけだ。というか、どこか腰が据わらないのだ。

やれやれと嘆息しながら、プロヴァンスに引き返してきたのが、三月の六日だった。

さすがのミラボーも驚いた。エクスに向かい、デュランス渓谷を馬で南に下っていくと、彼方《かなた》の丘に黒雲が屯《たむろ》するようにみえたからだ。

鎮座する城砦《じょうさい》は都市ランベスクだった。ミラボー伯爵プロヴァンス御帰還と、誰が伝えたものかは今日まで知れていないが、そう聞かされた市民が総出で歓迎に繰り出したというのが、もやもやと蠢《うごめ》いていた黒雲の正体だった。

近づけば、色とりどりの花のブーケを捧《ささ》げられ、あるいはローリエの小枝を振り翳《かざ》され、あげくが声を合わせた連呼で、こちらの耳を聾《ろう》してくる。

「ミラボーばんざい《ヴィーヴ》、祖国の父ばんざい《ヴィーヴ》」

沿道の市民、村民を、たびごと合流させながら、エクスまでの残り五リュー（約二十キロ）が、祭り騒ぎの大音声で満たされた。「ばんざい《ヴィーヴ》」が叫ばれ、角笛が吹き鳴らされ、タンバリンが振られ、教会の鐘までが打ち鳴らされると、人々は皆してミラボーを肩に担いだ。待望の英雄がやってきたと、あげくに市内マドレーヌ教会を仰《あお》ぎみるプレシュール広場まで、派手な行進を敢行したのだ。

ミラボーは続けた。だからといって、面喰《めんく》らったわけではないぞ。

「この俺さまは人気者らしく、痺《しび》れる台詞も決めてやった」

「『もう、みんな、やめてくれ。人は人を背負うようにはできていない。ただでさえ重たいものを背負わされているというのに』と来た名台詞のことですね。ええ、今やプロヴァンスの伝説です」

「おい、おい、ジュベール。本当のミラボー伝説は、これからの話だぞ。選挙運動にしても、まだ始まったばかりではないか」

6――選挙運動

友人の間違いを正すほどに、ミラボーは自負心の昂《たかぶ》りを禁じることができなかった。凄《すさ》まじいばかりの人気は、いうまでもなく重農主義者として多少の声望を獲得していた、父侯爵のおかげではない。ましてや、プロヴァンスの旧家である生家の権勢ゆえの話ではありえなかった。かえって反逆児という経歴が、人々を魅了していた。加えるに州三部会を追放された不遇が、人々の同情を集めた。止《とど》めが、この口から吐き出される言葉なのだ。

――それもこれも含めて、全ては俺ひとりでやったものだ。

即日の決定で、一月三十日の演説が議事録から削除されると、ミラボーはこちらも早速の報復に取りかかった。自らの言い分を大量に印刷して、エクス中にばらまいたのだ。すでに噂《うわさ》を耳にしていた人々は、いざ自分の目で活字を追い、あるいは読めない場合は読み聞かせてもらうにいたって、いよいよ熱狂の度を高めた。かかる事態に州三部会は慌て、それが二月八日のミラボー追放へと進んだわけだが、振りかえってみるほどに向こうさんの話ながら、軽挙といわざるをえなかった。はん、連中は自ら墓穴を掘ったようなものだ。誰に喧嘩《けんか》を売ったか、わかっていなかったようだ。

「確かに『プロヴァンス州民に告ぐ』は順調に広まってますね」

と、ジュベールが受けた。それは議員資格を剝奪された日の夜から、猛烈な勢いで書き始めて、もう三日後には出版に回されたという、五十六頁《ページ》の小冊子のことだった。

部数は限られたものながら、ミラボー渾身《こんしん》の訴えは熱心に請われて、またしても読み回された。勝手に写しを取られて、エクスのみならず、近郷近在でも持ちきりの話題になった。

――プロヴァンス全体にさえ波紋を広げた。

もはや貴族は集会さえ持てなかった。そんな迂闊《うかつ》な真似《まね》をすれば、人々に憤激の眼を向けられずには済まないからだ。ひとつ扱いを間違えば、たちまち暴徒と化して襲いかかってくるのではないかと、そうまで恐怖させる殺気が感じられるようになったのだ。

事態を重くみた国王特使は、プロヴァンス州三部会に休会を命じた。全国三部会の議員選出は、フランスの他の多くの州と同じように、バイイ管区、セネシャル管区ごとの選挙集会で行われることになった。

――つまりは州三部会など、俺さまがひとりで壊した。

ミラボーは悦に入る気分だった。ああ、うまくいった。『プロヴァンス州民に告ぐ』は我ながらに傑作だった。鼻持ちならない州三部会に引導を渡したのみならず、またとない選挙運動にもなってくれているのだから、まさしく笑いが止まらない。それこそは家門の声望だの、政界の人脈だの、あるいは賄賂《わいろ》攻勢をかけられるだけの財力だの、そんなものに頼るのでない、まさに画期的な方法なのだ。

そうして鼻高々であれば、ミラボーは少し意外だった。ジュベールは怪訝《けげん》に顔を曇らせていた。いや、ええ、それでも選挙運動といわれてしまうと、なんだか私には話がみえなくなってしまいます。

「伯爵、もしや議員になるおつもりですか」

「ああ、なりたいものだな。全国三部会が開かれると聞いたとき、霊感が走ったのだ。俺は議員になる。必ず、なれる。いや、俺は議員にならなければいけない。それがジュベール、なにか悪いことがあるのか」

「悪いとはいいません。ただ本気だとしたら、伯爵、少し難しいのではないですか」

「難しいことなどあるか」

「ありますよ。だって州三部会を解散させた張本人なんですよ。貴族の皆さんは伯爵のことを恨んでるんですよ。とても、とても、代表議員に選出されるなんて……」

「誰が貴族代表といった」

「えっ」

「俺が立候補するのは、第三身分代表選挙のほうだ」

もう届けも出してある。そう答えてやると、ジュベールは双眼を見開いて絶句した。そのあまりな表情に柄にもなく慌てながら、こちらのミラボーが確かめることになった。

ジュベール、ジュベール、そんな顔して、どうしたというんだ。

「どうしたも、こうしたもありませんよ。第三身分の代表議員になるといって、伯爵、あなた、貴族じゃないですか」

「はん、そんなもの、プロヴァンス州三部会にケチをつけられたばかりではないか。それを逆手にとるわけだ。貴族には足りないようだから、平民の選挙に出ることにしますといって、誰が文句をいうというんだ」

「それは、文句はいわないでしょうが……。伯爵はいいのですか、それで」

「いいよ。なにが悪い」

「貴族が第三身分の代表だなんて、御自分の格を落とすことになるんですよ」

「ジュベール、おまえも意外に古いんだな」

「古いとか、新しいとか、そういう問題でしょうか」

「そういう問題さ。こうみえて、俺《おれ》は進歩的なのさ。パリ高等法院の愛国派、あの三十人委員会とも普段から気脈を通じている。仏米協会と、それに黒人友の会の正式会員にもなっているくらいだ」

「どういう意味です」

「アメリカに詳しいという意味さ。貴族も、平民もない。誰もが平等な市民《シトワヤン》の国だ」

「アメリカの感化で、いくら開明させられたといって……」

元から四角い顔を硬直させながら、なおジュベールは納得できない表情だった。

弁護士という職業柄で、この男とて決して頑迷なほうではない。それでも貴族と平民を一緒にはできないのだ。真心から友人を心配するほど、理屈を超えた抵抗感を覚えざるをえないのだ。

――世のなかの形として幾百年と続いてきた伝統からは容易に逃れられない、か。

実際のところ、フランス広しといえども、第三身分代表に立候補する貴族など、はたして二人といるかどうか。

話題にしたアメリカにせよ、無邪気に手本にできるわけではなかった。確かに誰もが平等な市民の国であり、ルソー流の民主主義も実現していたが、つまるところは独立戦争に勝利しただけなのだ。

貴族と平民の垣根を壊したわけではない。イギリス人という貴族を国から追い出しただけのことだ。アメリカを独占した平民が、自らに市民という新しい看板をかけただけなのだ。

——文明あるフランスでは、そうはいかない。

簡単には貴族をなくすことができない。だから、わかった。ジュベール、おまえにだけは、本当の話を教えてやろう。持ちかけると、慌てて向きなおる旧友は、滑稽《こっけい》なくらいの神妙顔になっていた。ミラボーは苦笑を隠して続けた。ああ、俺だって最初は貴族代表で議員になるつもりだった。それが途中で気が変わったのだ。

「おまえも、庶民の盛り上がりは知っているだろう」

ジュベールは黙したまま頷《うなず》いた。ああ、そうなんだ。もう財政再建の話でも、貴族特権の話でもなくなっている。全国三部会が開かれると聞いて、連中はいてもたってもいられなくなっている。

「それを所詮《しょせん》は平民、高が平民と、馬鹿にできたものじゃない。それどころか、途方もない力だと、ここは素直に認識を改めるべきだろう。が、このままだったら、なんにもならないと、それも事実だ」

「どうして、です」

「なにを、どうすればいいのか、まるでわかっていないからだ」

と答えて、ミラボーは続けた。無理もない。坊さまだの、殿さまだのに命令されて、第三身分は何百年もいわれるままのことだけして生きてきたんだ。急に好きなようにしろといわれても、そりゃあ戸惑うばかりだろうさ。だから、なにより必要としているのさ。

「なにを、ですか」

「指導者を、だ」

それがミラボーの洞察だった。第三身分は指導者を必要としている。が、第三身分にそれにたる人はない。指導者たりうるのは貴族だけだからだ。何百年と人々の上に立ってきて、いうなれば場馴《ばな》れしているからだ。

主体的に行動できる魂は、誰かの命令を無視することも平気である。なおも抑圧されるならば、勇猛な獅子《しし》よろしく戦いをしかけるだけの勇気もある。このフランスで貴族を倒せるものがあるとするならば、それは貴族だけなのである。

――つまりは俺だ。

と、それがミラボーの決断だった。ああ、俺は第三身分の指導者になりたい。仮に貴族代表で議員になれても、よくて無力な一匹狼《いっぴきおおかみ》だ。大方が懐柔されて、連中の子分に落とされてしまうだけだ。なにも、できない。そんなのは、つまらない。

「己の野心だけでいっているわけではないぞ。それが俺でなくても、第三身分には指導者が必要なのだ。さもないと、わけもわからないままに暴発するだけ……」

そう続けかけたときだった。階下の玄関で呼び鈴が鳴らされた。それも尋常でない鳴らされ方で、同時に入れられた訪《おとな》いも、ほとんど悲鳴といってよかった。

「ミラボー伯爵はおられますか。こちらのジュベール邸と伺いました。ミラボー伯爵はおられますか」

名前を出されて、ミラボーは友人と顔を見合わせた。ぱっと動いて立ち上がるより先に、もう不穏な気配が感じられていた。ええ、ブレモン・ジュリアン氏のことは御存知でしょう。ええ、ええ、マルセイユのブレモン・ジュリアン氏です。その遣いで参りました。伯爵宛《あて》の手紙を託されてきました。マルセイユが大変なんです。

7――マルセイユ

プロヴァンスには州都というべき首邑《しゅゆう》がふたつある。ひとつは高等法院が座する政治の都エクス、もうひとつが地中海沿岸随一の港湾を誇る商業の都マルセイユで、二都いずれもミラボーには因縁浅い土地ではなかった。

わけても後者に関していえば、リケティ家の興隆は先祖がマルセイユ市の執政として頭角を現したのが始まりだと伝えられるほどである。一族の故地といってよいが、それは個人的にも忘れられない土地だった。

――なにより沖のイフ島で獄中生活を経験させられている。

もちろん、嫌な思い出ばかりではない。若い友人ブレモン・ジュリアンはじめ、また知己も少なくなかった。御無沙汰《ごぶさた》というわけでもなく、この三月十八日にもミラボーはマルセイユを訪ねていた。市内劇場の桟敷席《さじきせき》など予約しながら、喜劇作家モリエールの『町人貴族』を鑑賞したばかりなのだ。

プロヴァンス全域で人気が高まるを幸いとした、遊説がてらのマルセイユ訪問だった。今度ばかりは取りこぼしならぬと、ミラボーはこちらの管区でも議員に立候補していた。当選の脈もないではないようだった。そのときミラボーは、十二万人市民が残らず沿道に繰り出すような、熱烈きわまりない歓迎を受けた。天井知らずの人気には我ながら瞠目《どうもく》したが、それに気分をよくして、すっかり油断したというわけでもなかった。

——どれだけ、あてになることか。

マルセイユは、なんにつけ熱狂的だ。地金が活気あふれる港町なのだ。法官の牙城《がじょう》を自任するせいか、いくらか取り澄ました風のあるエクスなどと比べた日には、激しやすいとさえいえるのだ。

ほんの些事《さじ》でも、マルセイユは大騒ぎになる。感情の振れ幅の大きさで、第三身分の救世主と持ち上げられる分には、ミラボーも大いに相好を崩そうというものだが、ひとつ間違えれば、それが取り返しのつかない事態を招く。

——まったく、マルセイユの連中ときたら気が短い。

あるいは港町の相場で気が荒いというべきか。エクスに遣わされた使者から手渡されてみれば、ブレモン・ジュリアンの手紙は乱れた筆致で告げていた。マルセイユで全市的な暴動が起きていると。州長官の公邸と市役所が襲撃され、のみか裕福なブルジョワ家庭までが、暴徒の餌食《えじき》にされつつあると。

「人々に譲歩してしまえば、全てが失われてしまいます。なんら打つ手がないとなると、全てが破壊されてしまいます。この事態を収められるのは、ミラボー伯爵、もう貴殿しかおられません」

ミラボーはすぐに動いた。ろくろく鬘《かつら》も整えず、とりあえず駆け出したというのは、マルセイユ駐留軍の司令官カラマン伯爵が、折りしもエクス逗留《とうりゅう》中だったからだ。伯爵はベジエ方面に分流したリケティ家の親戚《しんせき》で、そうした縁から挨拶《あいさつ》したばかりだったのだ。

カラマン伯爵の話でも、マルセイユでは確かに暴動が起きていた。三月二十三日の事件は、庶民が最近の物価高騰に激怒したものだった。パン一リーヴル（約五百グラム）の値段は三スー半まで、肉一リーヴルの値段は六スーまで下げろと大声を張り上げながら、港町の人々は皆して御上《おかみ》に働きかけんとしたようだった。

「しかし、暴動というほどではなかったし、だいいち、それなら鎮静化なったはずだ」

だからこそ、自分はエクスに所用を済ませに来られたのだ。ブレモン・ジュリアンの手紙は、なにかの間違いではないか。でなければ、自意識過剰なブルジョワの被害妄想に違いない。ぴんと来ていない呆《ほう》け顔で、カラマン伯爵はそうも続けたものだった。

この時点でミラボーは、もう相手に背を向けていた。

――というか、カラマン、おまえ、馬鹿じゃないのか。

直感があった。ブレモン・ジュリアンの手紙は嘘《うそ》ではない。マルセイユの暴動は鎮静化などしていない。仮に一度は鎮静化なったとしても、まだ火は燻《くすぶ》っていて、それが再び燃え上がった。ああ、向こうでは確かに火の手が上がっているのだ。

――ほら、みろ。

北側の高台から近づくと、夜陰に浮かんで一番にみえたものは、文字通りに炎の赤い色だった。その明るさに透けながら、濛々《もうもう》たる黒煙までが乱舞していた。

考えていたより、ひどい。マルセイユの暴動は単なる示威では終わらなかったのだ。怒りに任せた打ち壊しの程度に留《とど》まらず、今や放火沙汰にまで進んでいる。ブレモン・ジュリアンの手紙は恐怖を訴えたものでなく、ありのままの現実を伝えていたのだ。

エクスから八リュー（約三十二キロ）の道を馬車で飛ばして三時間、ミラボーが抜けたのはロワイヤル門こと、マルセイユの北門だった。旧市街の高層建築に囲まれながら、そのまま直進したのがエクス通りだったが、あちらこちら敷石が剝《は》がされていて、もう馬車では進めなかった。

仕方がないので、馬だけ外して、その背にまたがることにした。さらにベルサンス大通りを経ると、彼方《かなた》にフランス王家の肝煎《きもい》りで築かれた新市街がみえてきた。海軍基地の敷地であり、カラマン伯爵の普段の詰所というわけだが、それなら用なしだと手前で右に折れてしまうと、今度は街路樹があしらわれた坂道が現れた。このラ・カヌビエール通りを一気に下れば、ミネラルの香が鼻腔《びこう》に満ちると同時に、さあと大きなパノラマが開けるのだ。

海岸線がU字に抉《えぐ》り取られたような、そこがマルセイユ港だった。

U字の底部にあたるベルジュ埠頭《ふとう》から地中海を仰《あお》ぎみれば、こんもり丘のように迫《せ》り上がりながら、果てのサン・ニコラ要塞《ようさい》に行きつく左手の堤防には、海軍払い下げの倉庫が並んでいた。同じように果てのサン・ジャン要塞に行きつく右手の堤防には、バロック様式の市役所、国際港の象徴である両替所、古寺アックール教会の鐘楼と、商都マルセイユの中枢が鎮座している格好である。

黒い海水に朱色を映じて燃えていたのは、いうまでもなくミラボーから見て右手の界隈《かいわい》だった。無数の影として停泊している、大小さまざまの船まで揺らしそうな勢いで、また怒号も右耳ばかりに痛みを届けた。

「二週間分だ。パン屋には二週間分のパンを焼かせるんだ」

「払いは市役所から取り放題だ。ああ、金目のものだけ探して、ちまちま持ち出すってのも難儀だ。ひと思いに壁から、柱から、ぜんぶ叩《たた》き壊してやれ。ずいぶん風通しがよくなるに違《ちげ》えねえ」

「金なら、州長官に払わせればいい。あいつを探し出して、請求書を突きつけてやれ」

「州長官より、総徴税請負人だ。欲深の詐欺師め、ただでさえ取られて歯がゆい税金を、三割も水増しして取りやがった」

「ああ、あの男だけは殴り殺してやる。そうしないことには、どうにもこうにもおさまらねえ」

破壊が行われている気配が、耳障りな炸裂音《さくれつ》になっていた。吹きつける海風を寸断しながら、弾《はじ》けるような銃声が空に抜けたかと思えば、ドボンとくぐもる鈍い響きが、今度は静かな港の水面《みなも》を波立たせる。一緒に掛け声が聞こえたからには、なにか大きなものが海に投げこまれたということだろう。

ブレモン・ジュリアンの手紙の通り、州長官の公邸が襲われ、また市役所までが破壊に晒《さら》されていた。名指しされた総徴税請負人はじめ、裕福なブルジョワ家庭までが暴力の餌食とされ、やはりマルセイユでは暴動の火が再燃した、いや、陳情の程度だったものが高じて、いよいよ暴動になったのだ。

当然、鎮まる様子はない。左手は静かなままだからだ。海軍基地は文字通りの音なしで、なるほど要《かなめ》の司令官は呑気《のんき》にエクスに出かけているのだ。

——カラマンの馬鹿が……。

そう繰り返したからといって、暴動が収束に向かうわけではなかった。現にミラボーのすぐ背後でも、騒がしい気配が往来していた。夜だというのに、埠頭は昼さながらの混み合いで、稼ぎどきのマルセイユという感さえあった。

「よろしいのですか、伯爵」

聞いてきたのは、エクスから同道してきた友人ジュベールだった。憤然たる気分ながら、ミラボーとしても肩を竦《すく》めてみせるしかなかった。

「いいも、わるいも、俺《おれ》が逮捕できるわけじゃないしな」

男たちは大きな麻袋を担いでいた。まず間違いなく、中身は小麦だ。それを捏《こ》ねる暇などないといわんばかりに、喜色満面の女たちは籠《かご》に入れ、あるいは入りきらない分を脇《わき》にも抱えて、どこからかパンを調達してきたようだった。

なるほど、皆が腹を空《す》かせていた。が、それが騒ぎの全てというわけではないようだった。持ち出されていたのは、夜陰に白く閃《ひらめ》く銀食器だったからだ。数人で大きな家具を運び、あるいは背丈ほどもある酒樽《さかだる》を転がしと、なにやら様子が違う往来も際限なくなっているのだ。

はじめは物価高騰を哀訴した暴動も、もはや見境ない略奪だった。ひとつ弾みがついてしまえば、もう誰も躊躇《ちゅうちょ》しない。大忙しと立ち働く連中には、垢《あか》じみた囚人服も交じっていた。当局の非道を糾弾した政治犯というわけでもあるまいが、いずれにせよ暴徒の群れは激情に弄《もてあそ》ばれるまま、牢獄《ろうごく》の門まで開放したようだった。

まったくマルセイユの連中ときたら、気が短い、気が荒いと繰り返しかけて、ミラボーはやめた。

「無理ないところはある」

「ええ、マルセイユばかりは責められません」

と、ジュベールも答えた。実際のところ、マルセイユだけの話ではなかった。

プロヴァンスでは暴動、蜂起《ほうき》の類《たぐい》が続発していた。マノスクでは管轄のシステロン司教が群集に投石され、リエズでは住居を取り囲まれた末に、やはり同地の司教が五千リーヴルの身代金でようやく解放される事件があり、またトゥーロンでは実際に司教宮殿が略奪された。領主の館《やかた》を襲い、ブルジョワの蔵が壊されるような小さな一揆《いっき》まで数えれば、この三月だけで四十件になんなんとするほどである。

「誰が悪いという話じゃない。プロヴァンスだけという話でもない」

と、ミラボーも受けた。ああ、野放図な群集の動きは、すでに全国的なものなのだ。

「小麦はどこだ。パンをよこせ」

マルセイユの界隈に今このときも響いている怒りの言葉は、やはり無理ないものだった。パリからプロヴァンスまで下りながら、道々ミラボーは目撃していた。セーヌ河といわず、ローヌ河といわず、デュランス河といわず、水車を止めるくらいの砕氷が、ことごとく流れを滞らせていた。

河の水が凍る。それほどまでの寒さのなかで、フランス人は誰もが瘦《や》せこけ、力ない目を泳がせながら、粗衣で震えているばかりなのだ。そのまま死体に落ちた者は、葬式も挙げてもらえず沿道に放棄された。それを肋《あばら》が浮いた犬が貪《むさぼ》るという地獄絵さえ、決して珍しいものではなかった。

一七八八年のフランスは未曾有《みぞう》の大飢饉《だいききん》だった。夏も盛りに石のような雹《ひょう》が降るという典型的な冷害で、この豊かな農業国に実りらしい実りもなかった。

――プロヴァンスでもオレンジの木が枯れた。オリーヴは実の三分の一までが枝で凍りついてしまい、地面に落ちる前に朽ちた。小麦は全て直立したまま、重みで穂先が垂れるような気配もなく、すでにして歴史的な不作は目を背けようもない現実なのである。

食糧不足で、避けがたく物価が上がる。ひと欠片《かけら》のパンさえ口に入らなければ、空腹のあまり腹が立つ。なお飽食三昧《ざんまい》の金持ちがいれば、憎らしくも思えてくる。仲買人と共謀して、小麦を買い占めているのではないかと、司教の副業を勘ぐりたくもなれば、そもそもが税金の取りすぎなのだと、暴利を貪る徴税請負人の類も恨みたくなる。が、だから暴動に訴えようと、人々は短絡的に動いたわけではなかったろう。

マルセイユの巷《ちまた》では、こうも叫ばれていた。

「国王陛下ばんざい《ヴィーヴ》、国王陛下ばんざい《ヴィーヴ》」

全国三部会が召集された、国王は我々の味方だと、そうした受け止め方で、人々は興奮の度を高めていた。のみならず、飢饉、物価高騰、空腹と幾重もの労苦に追い詰められたことで、解釈を一歩、二歩とさらに先に進めたのだ。

すなわち、王は俺たちの苦境を救おうといってくれたも同じだと。俺たちが自分で苦境を脱しようとしても同じだと。民びとの苦しさなど考えない冷酷な領主から取り戻し、あるいは欲深な僧侶《そうりょ》から奪いとっても、それは王の御心《おこころ》にかなう営為に違いないと。

――滅茶苦茶《めちゃくちゃ》な論法だ。

唇を嚙《か》みながら、それでもミラボーは理《ことわり》を繰り返すことしかできなかった。だから、マルセイユだけではない。プロヴァンスだけでもない。暴動、蜂起、一揆、打ち壊しの類は、すでにして全国的な動きなのだ。

はじめに受難を経験したのは鳩《はと》だった。鳩の飼育も貴族の特権だったからだ。それが誰に邪魔されることもなく飛んできては、畑の作物を啄《ついば》んでいく。それでも城の鳩小屋に帰られてしまえば、農民には報復の術《すべ》もない。ならばと現場の畑で罠《わな》にかければ、領主の貴重な財産を害したと、今度は厳罰に処されてしまう。

手出しできない。だから、鳩は人影に逃げる素ぶりもなく、悠々と畑を食い荒らす。

「俺たちが食う分もないというのに……」

鳩にまで年貢を取られる謂《いわ》れはないと、各地で鳩小屋の破壊が始まった。唱えられたのは、貴族の特権なら王さまの手を煩《わずら》わせるまでもなく、俺たちで廃してやるという理屈だった。

畑を荒らすといえば、兎《うさぎ》、鹿、鶉《うずら》、雉《きじ》など森の鳥獣も同じだった。これも狩猟という貴族の特権を守るために、勝手には殺せないことになっていた。

決まりを犯せば、領主の御領林には強面《こわもて》の管理人がいて、問答無用に縄をかけようとする。畑に出てきて作物を駄目にされたのだと訴えても、それは殿さまに申し上げろと、まるで取りあってくれない。

「が、なにが殿さまだ。それをいうなら、俺たちには国王陛下がついてるんだぞ」

かくて銃が撃ち放たれ、御領林の管理人が人間としての最初の犠牲者になった。これまた貴族の特権を守ろうなどという不埒者《ふらちもの》は、王さまの裁判を待つまでもなく、俺たちで処刑してやるという理屈である。

あとは歯止めが利くわけもない。かくして領主を襲い、司教を追い出し、金持ちブルジョワから奪うという、今日の無秩序が立ち現れた。それを筋が通らないだの、所有権の本質を理解していないだの、全国三部会での議論を待てだの、声高に叱《しか》りつけても虚《むな》しいばかりだ。人民の力は途方もないものだからだ。ひとたび忍耐が切れてしまえば、その暴走は誰にも止められないからだ。

——ならば、正しく導かなければならない。

上から抑えつけるのでなく、ともに歩いて、正しく導かなければならない。やはり指導者が必要なのだ。ミラボーは火の粉が舞う界隈に立ちながら、かねてからの確信を強くするばかりだった。ああ、第三身分の好きにやらせてしまえば、早晩この手の暴力が爆発する。不当と責めるつもりはないが、そうして全てを破壊できても、あとは何をどうするべきか、そこのところは思いも及ばないはずだった。が、それではフランスは、ますます不幸になっていく。誰か新しい時代の英雄が、皆を正しく導いていかないかぎり……。

「ミラボー伯爵！」

と、名前を呼ばれた。火の粉が舞い飛ぶフランスで、確かに呼ばれたようだった。

8——指導者

振りかえると、背後の堤防に立ち尽くす影があった。そこはかとない頼りなさから、まだ若いと思《おぼ》しき男で、なにより夜陰にも手ぶらであることが窺《うかが》えた。略奪者ではない。きちんと整えられた身なりからも、良家の子弟という印象だ。少なくとも日々の生活に追われている感じはない。

——ブルジョワ家庭のぼんぼんか。

よくよく目を凝らせば、今にも泣き出しそうな不安顔だった。金持ちは仇《かたき》だと決めつけられて、すでに襲われてしまったか、あるいは襲われるのではないかと戦々恐々としているか、いずれにせよ不安に駆られて、家にじっとしてなどいられなかったのだ。

——やはり、フランスは不幸だ。

どこまでも不幸だ、とミラボーは思う。暴動が起これば、泣く者がいる。いや、暴動に訴えた連中にしてみても、あんな目ばかりギラギラさせた、餓狼《がろう》のような顔にはなりたくなかったはずだ。

「ミラボー伯爵、ミラボー伯爵」

繰り返して呼びかけながら、若者はベルジュ埠頭《ふとう》に降りてきた。近づくほどに血色よろしい丸顔で、豊かなブルジョワ家庭の御曹司《おんぞうし》という最初の観察が裏づけられた。が、やはり見覚えある顔ではない。

それでもミラボーは表情ひとつ変えずに応《こた》えた。おお、君か。

「君も来てくれたのか」

なんでもない呼びかけの言葉ながら、バリトンの歌手さながらに、低く、太く、力強く、それでいて艶めいている声には、我ながら惚《ほ》れ惚《ぼ》れする。俺《おれ》はといえば絶好調ではないかと、ミラボーが思いがけずも自覚にいたったかたわら、親しげに「君《テュ》」で呼ばれて、若者のほうは少し頬《ほお》を弛《ゆる》ませていた。

マルセイユの惨状が惨状だけに、そのまま笑みに長じたりはしないものの、直前までの硬直した表情から比べれば、死人が息を吹き返したようでもあった。が、それも力強く動き出すためには、やはり誰かに縋《すが》らないではおけないのだ。

「ミラボー伯爵、どうしたらよろしいのでしょう」

悲鳴に近い言葉は、この事態を収拾してくれという訴えである。ところが、そうして救いを求めた時点で、もう若者は救われた顔になっていた。それが証拠に訴えを繰り返すことはせず、かわりに声のかぎりを張り上げて、四方に触れ出したではないか。

「ミラボー伯爵だ、ミラボー伯爵だ」

マルセイユに来てくれたぞ。僕らのマルセイユに来てくれたんだ。そうした報《しら》せは界隈《わい》の騒擾《そうじょう》を縫うように響きわたった。いや、あちらこちらで怒号が叫ばれ続けるからには、音としては掻《か》き消されざるをえなかったのだが、その分だけ救いを待ち焦がれた人々には、一種の霊感として伝播《でんぱ》できるようだった。

──でなくとも、怪物は目につきやすい、か。

ミラボーは卑下の言葉と一緒に不敵な気分で笑った。なるほど、船積みされる樽《たる》さながらの巨体は、その天辺《てっぺん》に今日も白い巻毛の鬘《かつら》を載せていた。馬上にあれば、いっそう目を惹《ひ》く。その編んで垂らした尾の部分が、地中海の風に煽《あお》られ、踊るように靡《なび》いた日には、ほとんど旗印を掲げているも同然なのだ。

みる間に人が集まってきた。身なりから、いずれも貧しからぬブルジョワの子弟と読めた。皆が同じだ。なんとかしなければならないと、街に飛び出してはみたものの、あまりな出来事にあてられて、術《すべ》もなく徘徊《はいかい》することしかできずにいたのだ。

考えつくとすれば、ひとつである。それを少なくとも一人は思いついて、すぐさま行動に移した。ああ、ミラボー伯爵、来てくださったんですね。

「僕の手紙を読んでくださったんですね」

涙ながらの鼻汁を啜《すす》り啜り、ブレモン・ジュリアンも駆けよってきた。この若い弁護士を含め、集まってきたのは要するに、ただ誰かに甘えることしか考えられない連中ということである。

――が、それでは人民の世は来ないぞ。

これだけの力を持ちながら、それを暴発させることしかできない。そんな体《てい》たらくでは役立たずの貴族どもに、おとなしくいうことをきいていろと、これからも命令されているしかないぞ。手綱を捌《さば》き捌き、あえて馬上に留《とど》まりながら、ミラボーは叱《しか》りつける調子で始めた。

「おまえたち、なにをしているのだ。まずもって、ばらばらでは、なにもできんぞ」

「どうしろというのです」

「ブレモン、まずは団結することだ。もっと人を集めることだ。ああ、おまえたちみたいな若党がいいな」

ミラボーは考えを明かした。いや、前々から温めていた考えでなく、その場の閃《ひらめ》きにすぎなかったが、それで間違いないのだと、直感は揺るぎなかった。ああ、この俺は閃きある人間なのだ。

「大急ぎだぞ、ブレモン。なるだけ沢山だ。集まったら、刀でも、槍《やり》でも、鉄砲でも、なんでもいいから、皆して武器を担ぐんだ」

「それでしたら、軍隊を呼んだほうが……」

「馬鹿いえ。そんな真似《まね》してしまったら、収まるものも収まらなくなってしまうぞ。血みどろの戦いになって、どう転んでも後に恨みが残るばかりだ」

「ですが……」

「いいか、これは俺たちの問題だ。俺たちで解決しなければ嘘《うそ》だ。もちろん暴動なんか起こした連中が悪い。怖いというのも、わかる。許せないとも思うだろう。だがな、あいつらを暴徒と思ってはいかん。そうではなくて、あくまでマルセイユの仲間だと思え。それも不幸な仲間だ。あんまりにも苦しくって、それで間違えてしまったのだ。その間違いを仲間として、おまえらが教え諭してやるのだ。こんな真似してみても、なんにもならないといって、親身に説得してやるのだ」

「しかし、武器を使えば同じ……」

「使うんじゃない、ただ担ぐんだ。暴れる弟を叱るとき、兄貴はどうする。拳骨《げんこつ》ふりかざすものじゃないか。それでも、本当に殴りはしないだろう」

痛いということを思い出させることができれば、それで十分なのさ。やんちゃ坊主もハッと我に返るものなのさ。ミラボーが続けると、そろそろ落ちついてきたのか、聞き入るなかには他愛《たわい》なく笑みになった顔もあった。それだけみていると、もうマルセイユは静けさを取り戻し、皆が救われたようにも思えてくる。が、まだ何も始めていないのだ。おまえら、本当に甘えが勝ちすぎるぞ。

「だから、ほら、急いだ、急いだ」

ベルジュ埠頭に再度の集合を指示しながら、ミラボーは若党を散らした。残ったのはエクスから同行してきたジュベールと、マルセイユで待ち受けたブレモン・ジュリアンという、二人の友人だけだった。

もう高みから声を響かせるような、指導者の演出はなくてよい。ようやく下馬して、ミラボーは向きなおった。ああ、二人には別な頼みがある。

「エクスからの馬車のなかで書いた原稿があるだろう」

「ええ、物凄《ものすご》い勢いで書かれてましたな」

ええ、私が預かってます。これですね。答えながら、ジュベールは肩掛けの鞄《かばん》から紙片を取り出していた。大きく頷《うなず》いてから、ミラボーは続けた。ああ、題して『マルセイユっ子よ、耳を貸せ。ミラボーは、こう思う』という小論だ。

「で、ブレモン、おまえ、マルセイユの印刷屋に知り合いはいないか」

「いないこともないですが……」

言葉を尻つぼみに、ブレモン・ジュリアンは問いたげだった。ミラボーは肩を竦《すく》めてみせた。そんな怪訝《けげん》な顔をすることはないだろう。

「その原稿を印刷してほしいのだ。二人で大至急で活字にして、あるだけの紙で刷り上げてほしいのだ。なに、そう大部なものじゃない。インクなんか乾かないでも構わないから、これまた大急ぎで配りたいんだ」

さっきの若党が戻ってきたら、連中に預けてもいいな。そう結んだ考えは、いうまでもない小冊子作戦だった。

プロヴァンス中で成功を収めた、ミラボー十八番の得意技である。そのことは承知しているはずなのに、なおも二人の友人は表情を曇らせたままなのだ。なんだ、おまえたち。

「うまくいきますでしょうか」

最初に疑問を唱えたのは、年嵩《としかさ》のジュベールだった。いや、伯爵の原稿が悪いというわけじゃありません。しかし、こんなときに印刷したものなど、はたして読まれますでしょうか。

「マルセイユがどうこういうわけじゃありません。エクスでも、他の都市でも同じです。つまるところ、大方の人間は字を読むことができないのです」

事実、ヨーロッパ最大の文明国フランスにして、まだまだ識字率は低かった。それが貧しさに追い詰められて、暴動を起こすしかなくなった庶民の話であれば、いっそう低くなるのは必定である。

「ははは、それでも何人かに一人くらいは読める者がいるだろう。そいつが皆に読み聞かせてやったらいいのだ」

「ええ、これまでは、それで成功してきました。けれど……」

「僕もジュベールさんのいう通りだと思います。打ち壊しの連中ときたら、すっかり興奮してしまって、もう言葉なんか耳に入らない状態です。読んでも聞いてくれないでしょう。仮に聞いてくれたとしても、中身なんか理解できない……」

「そんな風に決めつけるんなら、わからず屋の貴族どもと同じだぞ」

ミラボーは不意打ちに吠《ほ》えてやった。略奪品を抱えて蠢《うごめ》く輩《やから》まで、刹那《せつな》に動きを止めたくらいの大声だった。獅子《しし》さながらの迫力に我ながら満足できたなら、できたほどに表の怒面を変えてはならない。

自分の表情、自分の身ぶり、自分の声の抑揚まで、ことごとく効果を計算に入れながら、ミラボーは聞こえよがしの言葉を続けた。

「俺は信じている。貧しい庶民にも知性というものがある。第三身分は馬鹿じゃない。馬鹿じゃないほうに、俺は全てをかけてるんだ」

そう宣して、ミラボーは友人に行動を急がせた。全てをかけるといった言葉に嘘はなかった。多少の成功は見込めるとはいえ、なお本質は博打《ばくち》に違いない。それでも、やるしかない。やらなければ、金輪際で道は閉ざされてしまう。

二人の影が堤防を駆け上がると、その動きに反して埠頭に釘付《くぎづ》けにされながら、他の影は大方が立ち止まるままになっていた。ああ、そうだろう。立ち去る気になどなれないだろう。おまえたち報われない暴徒ほど、俺の言葉を聞きたいだろう。救われたい思いが強ければ強いほど、もっと、もっと聞きたいと願うだろう。ならば、ああ、聞かせてやる。このオノレ・ガブリエル・リケティ・ドゥ・ミラボー、一世一代の名調子を聞かせてやる。

「さあ、いくぞ」

ミラボーは、ばっと巨体を反転させた。再び馬上の高みに登るや、活字にして広めるに先がけて、暴動最中《さなか》のマルセイユ港で早くも演説開始だった。

9――小革命

晴天の下、ミラボーは馬を進めていた。

決死の形相で猛烈に攻めるというわけではない。打楽器よろしく蹄《ひづめ》の音を響かせる並足で、悠々と駒《こま》を巡らせれば、もとより貴族の生まれである。中隊長を務めた軍歴まであるとなれば、その騎馬姿は弥《いや》が上にも堂に入る。

「おお、半獣神《サントール》のお出ましだ」

と、沿道から声が上がった。あの夜からミラボーは、そうも譬《たと》えられるようになっていた。鞍上《あんじょう》に屹立《きつりつ》する巨軀《きょく》といい、ふさふさした白い巻毛の鬘《かつら》といい、鬼気迫る相貌《そうぼう》のまがまがしさといい、ちょっと尋常な人間とは思わせなかったというのである。

なるほど、別世界から降臨してきたかの生物を目撃すれば、どんな怒りに駆られた者でも手を止めないではいられない。ハッと胸を突かれたが最後で、今度は雷鳴さながらの声が轟《とどろ》くというのだから、もう金縛りに捕われないではいられない。

「俺《おれ》だ。俺だ。忘れたのか、ミラボーだ」

あげくに名乗られ、マルセイユの人々はプロヴァンスの英雄と仰《あお》いだ男のことを思い出した。収拾困難に思われた暴動も、それだけで半分は鎮められたも同然だった。

現にマルセイユは静けさを取り戻していた。あれから二日を数える、三月二十五日の今夕には、ひとつの怒号も聞こえなくなっていた。

パンを求める訴えも、高値を糾弾する叫びも、持てる者を槍玉《やりだま》に挙げる罵《ののし》りも、全てが嘘《うそ》のように消えた。もう少しまけてみせろや、いや、勉強してるつもりだがなあと、今では喧嘩腰《けんかごし》のやりとりさえ微笑《ほほえ》ましく、活気ある港町の日常が回復されたことの、なによりの証明をなしていた。

ミラボーは成功していた。

――またもや怪物めいた異貌が、ものをいったというわけか。

苦笑で自嘲《じちょう》する身にして、もちろん計算外というわけではなかった。良くも悪くも、ひとの目に留まる。目にした者に圧倒的な印象を届ける。おかげで、そのへんの美男子より、はるかに女に惚《ほ》れられてきた。同じ理屈で民衆を惹《ひ》きつけたからといって、なに、ズルをしているわけではない。

――顔が見苦しいばかりという男でもなし。

実際のところ、ミラボーは単に衆目を集めただけではなかった。それが証拠に従前の人気も、いくらか雰囲気を変えていた。仕事の手を休め、あるいは買い物の列を抜けながら、人々は同じく集まり、また口々に声をかけたりはするものの、押しかけ、詰めよりで、その行手を遮ることはしなくなったのだ。

ミラボー人気は親しみから尊敬、もしくは畏怖《いふ》という感情に、その軸足を微妙に移したようだった。

数日来の立場はマルセイユ市長と、プロヴァンス州長官と、マルセイユ駐留軍司令官を、一人で兼ねているようなものだとも高評された。だからこそ、こうして馬を進めている。夕の六時は市内巡察の時間なのである。最高責任者として巡らなければならないのは、各街区ごとに設けられた民兵隊の詰所だった。

かねてマルセイユに組織されていたものではない。「ミラボー部隊」と呼ばれる向きからも明らかなように、銃を背負い、颯爽《さつそう》と馬に跨《また》がる若党の集団は、二十三日の暴動当夜に組織されたものだった。帽子の前立で人目を惹く赤薔薇《あかばら》の飾りを含めて、全てが即席の思いつきながら、これがミラボーが考えた以上に効果的だったのだ。

武器携行で警邏《けいら》すれば、もちろん暴徒は恐怖に駆られる。が、それが王の軍隊でなく、覚えある顔ばかりの民兵隊であれば、必ずしも敵意を覚えるものではない。懇《ねん》ろに呼びかけられれば、渋々であれ耳を傾けるだろうというのは、ミラボーが最初に見越した通りだった。が、それだけでもなかったのだ。

――民兵隊は単なる人気者を、真実の指導者に変えてくれる。力の裏づけを与えてくれるからである。なお仲間であるとは思いながら、もう人々は容易なことでは逆らえない。それが仮に非合法な武力であったとしても、だ。

――そうなって、はじめて言葉も意味をなす。

高飛車な気取り文句の貴族だの、ラテン語で吟じて煙に巻くような僧侶《そうりょ》だの、はたまた小難しい専門用語ばかりの法律家だのは知らず、この俺さまの言葉は少なくとも通じるのだと、ミラボーは次なる成功にも気をよくしていた。

「ああ、このミラボーの話に耳を貸してくれ。騙《だま》すつもりなんかはない。みんなの役に立ちたいだけだ。というのも、この俺だけはわかっているからな。ああ、みんな、できれば悪さなんかしたくないんだろう。根は正直な好漢ばかりだものな。どうしたらいいのか、わからなくなってしまっただけなんだろう。ああ、そういうことはある。間違うことはあるんだよ。けれど、まずはパンのことだけ考えようじゃないか。パンには、ふたつの問題しかない。ひとつはパンがあることだ。もうひとつは、それが高すぎないことだ。しかし、どこに行っても今は小麦の値段が高い。マルセイユだけ安くできるわけがないんだ。みんな、辛抱ということも覚えないといけないぞ」

そんな調子で語りかけられるや、つい先刻まで暴れていた連中が、おとなしく家路についた。一緒に『マルセイユっ子よ、耳を貸せ。ミラボーは、こう思う』と題された紙片を配られるのだから、それを家に帰って読もう、あるいは近所の誰かに読んでもらおうという他には、なにも考えなくなったのだ。

やはり誰にでも知性はある。なにをいっても、無駄というわけではない。あるいは望んでいたのは破壊でなく、略奪でなく、全てを任せられるような指導者であったことに、遅ればせながら気がついたというべきか。

指導者と目されてからのミラボーは、能書《のうがき》だけに終わらせず、実行する手際もよかった。近郷近在から強制的に徴発して、マルセイユに小麦を運び入れてやる。マルセイユからは小麦を出さない。港を閉鎖して、穀物を積んだ船は一艘《そう》たりとも出発させない。この期《ご》に及んで外国に輸出して、ちゃっかり儲《もう》けようなんて不届き者は許さない。そう公言して嘘にしなかったからこそ、市長と、州長官と、駐留軍司令官を一人で兼ねると称《たた》えられたのである。

「ミラボーさん、もうひとつの約束も忘れないでくださいな」

沿道からは、そうした哀訴も届けられた。こちらのミラボーは、あくまでも気さくに答える。ああ、忘れていないぞ。ああ、誰が忘れてしまうものか。

「ああ、正義は必ず通してやる」

大仰に正義というのは、総徴税請負人の調査のことだった。税金を水増ししていたと憤激する暴徒を相手に、ミラボーは厳正なる取り調べと、それに基づく告発を約束したのだ。

「ああ、皆がいうような不法行為がみつかれば、そのときは罪を贖《あがな》わせてやる。ただな……」

「なんです、ミラボーさん」

「市長と、州長官と、駐留軍司令官を本当に一人で兼ねられたとしても、きちんと正義を行うには、まだまだ力不足かもしれないのだ」

「わかっております、わかっております、きっと議員に上げてさしあげます」

選挙運動の首尾はマルセイユでも、いや、マルセイユでこそ上々だった。

そもそもがミラボー人気は、エクスも、マルセイユもなく、文字通りのプロヴァンス全土で盛り上がりをみせていた。が、実は庶民に選挙権などなかった。投票できるのは選挙人という、街区ごと、村落ごとに選ばれた有力者だけだった。

──そういう連中にマルセイユでは恩を売れた。

家財産まで危うくする暴動の事態を、見事に収拾してやったからである。市長も州長官も駐留軍司令官も逃亡した事件の渦中で、獅子奮迅の大活躍を示してやったのである。ああ、このミラボーに投票しないわけがない。是非にも一票をと頼まれれば、容易に断れるはずがない。万が一にも落選などさせてしまえば、またぞろ暴動が起きかねない。

──とすれば、やはり大事は民衆の支持ということになるか。

マルセイユに、いや、プロヴァンスに、いや、いや、フランス全土に起きている暴動は、図らずも民衆の底知れない実力をみせつけることになっていた。もう無視しては済ませられない。ならば、これを利用しない手はない。今や政治を制する者というのは、民衆の支持を得る者なのである。

——それを、この俺なら手に入れられる。

手応《てごた》えは感じていた。すでにマルセイユで小革命を起こしているからだ。晴れて議員に選ばれた暁《あかつき》には、同じ手法を全国三部会に持ちこんで、今度はフランスに大革命を起こしてやる。かくて意気上がるミラボーは、ゆっくりゆっくり駒を進めて、もう無駄に動き回ろうとは思わなかった。ここで当選確実となれば、まさに暴動さまさまである。おかしな言い方になるが、気の荒いマルセイユばんざい、なのである。

——もうエクスに戻るには及ぶまい。

明日が投票日になるが、土壇場で選挙運動を再開しても仕方がない。ミラボーは今日にもエクスに人を遣わし、旅籠《はたご》に預けっ放しの荷物を取り寄せるつもりだった。が、つもりは往々つもりで終わる。世のなかなんて、いつだって思うに任せないものなのだ。

「ミラボー伯爵、ミラボー伯爵」

また名前を呼ばれた。しかも声は、けたたましい蹄の音を伴わせるものだった。砂《すな》埃《ぼこり》を舞わせながら、西側の堤防を馬で飛ばしてきた男は、いわれてみれば覚えのある顔だった。

「というか、あれはジュベール、おまえのところの……」

「ええ、そうです、下男のアンドレです」

その日もかたわらにあって、エクスの友人は答えた。馬が近づいてきたので、ジュベールはその先の言葉を、思いがけずに訪ねてきた自分の下男のほうに向けた。

「どうしたというのだ、アンドレ」

「大変です、旦那《だんな》さま。いや、ミラボー伯爵、すぐにエクスに来てください」

水を向けられて、さすがのミラボーも少し慌てた。なんだ、なんだ、どうにも穏やかではないなあ。

「とにかく、少し落ち着いてはどうだ。まるでエクスにも暴動が起きたみたいだぞ」

「そうなんです。起きたんです」

「………」

「ですから、エクスでも打ち壊しが始まりました」

友人の下男は続けた。誰も手をつけられません。もう伯爵しかおられません。ですから、すぐエクスに来てください。

10――パリ

今のフランスで不穏な空気から逃れられる場所などない。またパリも例外ではなかった。

この冬にはセーヌ河が、やはり凍りついていた。そもそもパリは水運で繁栄してきた街であり、流通の大動脈が麻痺《まひ》すれば自前の経済など成り立たず、大量の失業者を出さざるをえない。それが王家の気まぐれで形ばかりの土木工事が発注されたきり、ろくろく救済もされなかった。あげくが御多分に洩《も》れない小麦不足と物価高騰に、皆で喘《あえ》がざるをえなくなっていたのだ。

宮殿がヴェルサイユに移されて、すっかり王家に見限られ、なおパリは王国一の大都市である。怒れる群集も、その規模からして違う。例外でないどころか、フランスで最もきな臭い場所であると専断しても、不当な決めつけとはいいがたい。

――はっきりいえば、もう危険きわまりない。

だから何ができるでないながら、デムーランもしばらく前から心配してきた。

案の定で、パリにも火の手が上がった。四月二十七日に始まり、かろうじて二十八日に鎮圧が遂げられたという、人呼んで「レヴェイヨン事件」である。

暴力の標的とされたのが、壁紙製造工場の経営者レヴェイヨン氏だった。とはいえ、この社長は単に羽振りがよかっただけで、非情な金の亡者というわけではない。モントルイユ通りとフォーブール・サン・タントワーヌ通りの角に、立派な屋敷を構えていただけで、なにか、これといった非があったわけでもない。

ただ給金引き下げを考えていると、根も葉もないデマが流れた。それだけのことで、人々の鬱憤《うっぷん》の捌《は》け口にされてしまったのだ。

ひとたび爆発してしまえば、もう容易なことでは止められなかった。レヴェイヨン氏と家族は間一髪で虎口《ここう》を脱することができたが、屋敷のほうは数千人という暴徒に完全に破壊された。鎮圧のために軍隊が出動し、威嚇に留《とど》めず発砲に及んだので、暴徒のほうも数百人の犠牲者を出した。パリは、こうだ。いちいち血みどろの手段に訴えることなしには、事態を解決できないのだ。

――とはいえ、レヴェイヨン事件から三日がたつ。

一七八九年五月一日、もうパリは静けさを取り戻していた。

砂が敷き詰められた広場にも、ぽつりぽつりと散歩者の姿がみられた。かたわらでは乳母の監視で、子供たちが好きに遊ばされていた。上着から小さな本を取り出すや、おもむろに眼鏡《めがね》をなおす学生がいたと思えば、場違いなくらいに派手やかな服装で、しゃなりしゃなりと歩いてみせる女もいる。植樹は青々と緑を繁《しげ》らせ、木漏れ日の斑模様《まだらもよう》のなかには、人目を忍ぶような二人を包みこんだりもしている。

当然ながら、もう怒号は聞こえてこない。いや、それがリュクサンブール公園の話であれば、事件当日も閑散として、やはり静かであり続けていたかもしれない。

シテ島をパリの中心に見立てるなら、歩いて十五分のリュクサンブール公園は、単純な距離でいえば都心のうちだった。が、セーヌ河の辺《ほとり》から緩やかに上ってくるサン・ジャック大通りの坂道は、学生街カルチェ・ラタンを貫いているものなのだ。

そのせいか、都心の忙《せわ》しなさはなかった。良くいえば知的な清潔感があり、悪くいえば浮世離れして、このあたりには普段から長閑《のどか》な風がないではないのだ。

――僕は好きだな、やっぱり。

小高い丘に鎮座する格好なので、リュクサンブール公園は風通しも悪くなかった。爽《さわ》やかな雰囲気が気に入って、カミーユ・デムーランはすぐ北側のフランセ座《テアトル・フランセ》の界隈《かいわい》に暮らしていた。

カルチェ・ラタンの学生時代を、そのまま引きずるような毎日というわけで、ごくごく若いときから変わらないといえば、暇に任せた散歩も数年来の習慣である。ところが、なのだ。

デムーランには今もって、居心地の悪さを覚えるときがあった。リュクサンブール公園は大好きなのだが、その気持ちが高じるほどに、この涼やかに洗練されている場所に、自分などどうでも似つかわしくないと感じられてくるのだ。

――こんな野暮な田舎者《いなかもの》じゃあ……。

繊細な青白い顔には生まれついていなかった。ぎょろりと目ばかり大きく、しかも微妙に湾曲している顔には、我ながら嫌になる。櫛《くし》も通らないくらいに、もじゃもじゃ繁る癖毛の頭にいたっては、帽子で隠さないではいられないほどで、デムーランはほとんど自分を恥じていた。

が、だからこそ、挽回《ばんかい》しなければと躍起になってしまう。閑静な公園に居座りながら、不躾《ぶしつけ》なくらいの大声で、喋《しゃべ》る、喋るになりがちなのも、そのせいだ。

「というのも、マルセイユと、エクスと、つまりは奇蹟《きせき》が二度も起きたんだ」

デムーランが話していたのは、遠くプロヴァンスから報が届けられたばかりの事件だった。ああ、マルセイユの暴動を鎮めたところを呼ばれて、迷わずエクスに切り返したらしい。ここでも大変な暴動になっていたんだが、またぞろ魔法のように収めてしまった。誰も彼もが感謝感激さ。庶民が拍手喝采《はくしゅかっさい》しただけじゃない。市の上役まで頼みにするようになった。もう本物の英雄だよ。今やプロヴァンス政界の第一人者だよ。

「それが、あのミラボー伯爵の話だっていうんだから、こいつは興奮しないじゃ……」

いてて、とデムーランは呻《うめ》いた。一方的に捲《まく》し立てた報いで、思いきり舌を嚙《か》んでしまった。興奮すると吃音《きつおん》が出てしまい、それが普段から引け目になっていたのは確かだ。それでも、今度ばかりは興奮しないじゃいられないよ。

「だって、故郷で英雄になったっていうのは、あのミラボー先生の話なんだからね」

それは知らない男ではなかった。特に親しいわけではなかったし、あちらの伯爵のほうではデムーランのことなど、名前も覚えていないかもしれなかった。が、何度か顔を合わせているのは、間違いない事実である。

ミラボー伯爵という男は、パリに巣食う三文文士の間では、かなり有名な人物だった。同程度に知られているわけではないながら、こちらのデムーランも同類といえば同類なのだ。ああ、僕らの仲間内じゃあ、もう持ちきりの話題さ。あの先生も、まったく、やるもんだってね。だって、放蕩《ほうとう》貴族の見本のような男さ。醜聞まみれの女たらしさ。借金のせいで仕事も選べない売文家さ。それが年貢の納めどきで、いよいよバスティーユに叩《たた》きこまれるかわりに、ここぞと一発逆転したというんだからね。

「ミラボー伯爵は今やプロヴァンス州選出の全国三部会議員さまなんだからね」

伝えられた話によると、エクスの暴動は議員選挙の前日だった。それを収めたミラボーは、明日にも投票という二度とない時宜《じぎ》を捕えて、ここぞと政治の資質をみせつけたことになる。

これに勝る選挙運動などありえない。結果は圧倒的にならざるをえない。事実、エクス管区の投票総数三百四十四のうち、実に二百九十票を独り占めして、ミラボーは文句なしの首位当選を果たしていた。

「もっとも第三身分の代表という話なんだけれど……」

知己の成功を割り引きかけて、デムーランは止《や》めた。伯爵の位まで持つ貴族であれば、それは自ら格を落とす愚挙といえるのかもしれなかった。第二身分代表の議席を手にした同じ身分の身内であるなら、そのことを嘲笑《ちょうしょう》して、確かに憚《はばか》らないだろう。

――が、デムーラン、おまえは何者のつもりなんだ。

おまえだって平民じゃないか。そう溜《た》め息ながらに呻いてみれば、ミラボーの成功は今度こそ燦然《さんぜん》と光り輝いているように感じられた。

余談ながら、ミラボーは同日に行われたマルセイユの選挙でも、見事な当選を果たしていた。エクスに出ていて不在だったにもかかわらず、こちらの港町でも揺るぎない人気を誇示したのだ。

マルセイユの利益が最優先の義務である。マルセイユのために働く議員を一人でも多くするため、資格を他に譲りたい。自分なら形としてエクスの議席を占めたとしても、マルセイユのために働かないではいられないのだから。とかなんとか、巧みな言い抜けで人々の気分を害することなく、港町の議席のほうは辞退したらしいのだが、いずれにせよ一人で二議席までを手に入れた事実は、まさに瞠目《どうもく》に値する。

「伯爵には真実シャポーを脱ぐ思いさ」

元の勢いを取り戻しながら、デムーランは続けた。ああ、ミラボー先生ときたら、あいかわらず口だけは上手《うま》いもんだ。いや、さすが作家で、それは褒められるべき美質なんだよ。盗作の大家だとか、耳学問の碩学《せきがく》でルソーなんか本当は読んだこともないんだとか、要するに天性のペテン師なんだとか、パリでは悪口されること際限ない男だけれど、どうして捨てたものじゃない。

「プロヴァンスからはミラボーの冊子も送られてきたんだ。いやはや、さすがは仏米協会員というべきか、これがフランクリン流の見本のような文章なのさ」

「フランクリン流というと」

「アメリカ独立戦争の英雄のひとり、ベンジャミン・フランクリンが得意とした手法なんだけど、平たくいえば居丈高に上から教え諭す式の言葉遣いを、完全に放棄した弁論さ。かわりに平易な言い回しで、それこそ兄貴が弟に語るような調子なのさ」

「それを使うと、なにがよろしくて」

「大衆受けが、よろしいのさ」

そこまで一気に吐き出してから、不意に目を伏せ、デムーランは再びの溜め息だった。

まったく、ミラボーが羨《うらや》ましいかぎりだ。

「僕も少しはあやかりたいものだ」

「けれど、カミーユ、わたしは、あなたの文章が好きだわ」

と、リュシルは返した。リュシル・デュプレシ、それが聞き取りにくい上に、自分勝手でもある男の言葉を、辛抱強く聞き続けた女の名前だった。

リュクサンブール公園といえば、恋人たちの散歩道と相場が決まる。またリュシルも近所のコンデ通りに暮らす縁でデムーランと知り合い、かれこれ六年になっていた。お互いの気持ちを確かめてからだけでも数年はたつ。だから、無責任な喜ばせでいうのでなくてよ。だって、あなたの『フランス人民に寄せる哲学』は、わたしも読ませていただいたもの。

「本当に素晴らしい文章だったわ。言葉の選び方ひとつにしても誠意が滲《にじ》み出ているようで、全体を通せば世のなかを良くしようとする熱意がひしひしと感じられて、それは、もう、じっくりと読むほどに……」

「それじゃあ、駄目なんだよ」

デムーランは拗《す》ね子のように唇を尖《とが》らせた。続いて口を突いて出た言葉は、我ながら甘えた泣き言でしかなかった。ああ、駄目なんだ。駄目なんだ。じっくり読んでなんかもらえないんだ。一発でわからせなくちゃいけないんだ。

「いくら誠意があっても、いくら熱意があっても、それだけじゃあ、議員にはなれないんだよ」

カミーユ・デムーランは弁護士だった。きちんと学校を出て、法学士の資格を取り、もってパリの弁護士会に登録された、堂々たる法律家である。が、それで人生を終えるつもりはなかった。

――もっと大物になりたい。

そう志を立てながら、作家業になど手を出してはみたものの、すぐに一山あてられるほど、簡単なものではなかった。いや、だから僕は自分の野心でいうのじゃない。大物というのも、正しく社会に貢献できるという意味で、大物になりたいんだ。

そんな調子で、ぶつぶつやっていたからには、デムーランにとっても全国三部会の触れは、まさに千載一遇の好機だった。ミラボーと同じに、我こそ議員になってやろうと思いつき、議員選挙が始まるや、生まれ故郷のギーズに飛んだのだ。

フランス北東、ピカルディ州のバイイ管区に含まれる地方都市だが、そこでは父親がバイイ補を務めていた。パリでは冴《さ》えないデムーランも、田舎に帰れば有力者の息子というわけだ。が、僕という人間は親の七光りだけではない。そういいたいがため、大量に印刷した小冊子が『フランス人民に寄せる哲学』だったのだ。

実のところ、小冊子攻勢はミラボーの専売特許ではなかった。プロヴァンスのような僻地《へきち》では、まだまだ珍しかったとしても、この北部では数多《あまた》の候補が文才を振るいながら、自らの主張と公約を有権者に訴えている。少なくとも第三身分代表議員の候補は、そうだ。大半が法律家で占められたからだ。

自分とて遅れるものではないと、デムーランも全身全霊を注いで書いた。が、そうして仕上げた小冊子は、ほとんど読まれなかったのだ。

なによりの証拠に、デムーランの選挙結果は無残な落選だった。

11――焦り

小鳥の囀《さえず》りが耳についた。別なときなら気分を慰められたかもしれないが、このときばかりは苛々《いらいら》してならなかった。出鱈目《でたらめ》に石を投げつけてやると、身体を白黒に塗り分けられた鳥が数羽で飛びさった。バサバサという羽音を見送りながら、デムーランは心にこぼした。ああ、できれば僕も、飛んで、遠くに逃げたいよ。

沈黙が流れていた。声の調子を変えながら、リュシルのほうから再開した。

「カミーユ、がっかりすることないわ」

「落ちこまずにはいられないよ。あげくにミラボーの成功を聞かせられた日には、ね」

「他人と比べることはないわ。だいいち、その伯爵は尋常な方ではないんでしょう」

「顔が、ね」

「まあ、カミーユったら」

そう窘《たしな》めたからには、リュシルも知っていたらしい。というより、前に話したことがあった。他人の不幸を嘲《あざけ》るような薄笑いで聞かせると、そのときも人間を上辺で判断するものではないと責められたものだ。が、こうとなれば知ったことかと、あえて笑ってやろうとして、今のデムーランは容易に笑えなかったのだ。ああ、顔だって大切な要素だからね。

「美醜の物差をあてなければ、ミラボーの顔こそ迫力満点の逸品さ。だから、大衆を惹《ひ》きつけることができる。逆説的な魅力になって、下手《へた》な美男より何倍も目立つ。してみると、僕なんか美男ですらないんだ。どこ取り上げるところもない平凡な顔つきさ。はん、なるほど、有権者に見落とされてしまうはずなのさ」

「そんな……。だいいち、わたしは顔のことなんかいってないでしょう。ミラボー伯爵が尋常でないというのは、除籍も覚悟で州三部会を掻《か》き回したり、たちまち民兵を立ち上げて暴動に飛びこんだり、あげくが貴族なのに第三身分の代表に立候補したりと、なんというか、ちょっと突飛な手段に訴えているということなの」

「訴えなきゃ駄目なんだ。非常識な裏技でも、普通じゃない荒業でも、なんにでも訴えなきゃ、議員になんかなれないんだ」

この僕には、そういう真似《まね》ができなかった。つまりは駄目な男なんだよ。嘆きの言葉と一緒に、デムーランは頭を抱えてみせた。だからと、なにが、どうなるわけでもない。そのことは承知しながら、とにかく今は嘆いて、それを懇《ねんご》ろに慰められたかった。そうして待つような気分で、じっと地面を睨《にら》んでいると、頭上に小さな溜《た》め息があった。

びくと震えて、デムーランは顔を上げた。リュシル、ねえ、リュシル。自棄《やけ》になっているわけじゃないよ。ああ、議員になるという希望は、まだ捨てたわけじゃないんだ。

「僕は頑張るから……」

「頑張らなくてもいいのよ」

「えっ」

「はじめから高望みしすぎたのよ。だって、議員なのよ。全国三部会の議員なのよ」

「僕は議員の器じゃないって、そういいたいのかい」

「違う、違う、そうじゃないの。だったら、カミーユ、教えてちょうだい。そのミラボー伯爵は、おいくつくらいの御歳《おとし》の方なの」

「確か四十歳くらいだ」

「それでも議員のなかでは、お若いほうなのじゃなくて」

「まあ、そうだけど……」

「で、カミーユ、あなたは、いくつ」

「もう二十九歳になる」

「まだ二十九歳よ。まだ若いのよ。議員になれるような歳じゃない。カミーユ、なにも焦ることないのよ」

「焦るさ、焦るさ」

ほとんど悲鳴のデムーランに、リュシルも慌てた声になった。どうして、カミーユ、どうして焦らなければならないの。

「このままじゃ、君は独り身のまま、おばあさんになってしまうからさ」

「…………」

「いつまでたっても、僕とは結婚できないからさ」

そう嘆かれれば、さすがに返す言葉もないようだった。

勝手に悲観しての決めつけというのではなかった。デムーランは事実として許されなかった。もう四年前の話になるが、リュシルの父君クロード・エティエンヌ・ラリドン・デュプレシ氏に結婚を申しこんで、にべもなく断られたのだ。

デュプレシ家は官界進出まで果たしている、名門ブルジョワの家柄だった。デュプレシ氏自身が今も財務総監局で、首席執行官を務めている。いうまでもなく、累代の貴族が羨《うらや》むくらいの富もある。そこに貴族ですらない若者がやってきて、ろくろく稼ぎもないというのに、高々弁護士の資格が取れたことを鼻にかけながら、お嬢さんをくださいなどと持ちかけたのだ。

──認められるわけがない。

許されるわけがない。たとえ心からリュシルを愛していようとも、それとこれとは全《まった》く別な話なのだ。考え違いを犯した報いで、デムーランは今ではデュプレシ家から交際も禁じられている身の上だった。このリュクサンブール公園の待ち合わせにしても、その実は秘密のふるまいだった。

――なんとかしなければならない。

このまま無名の弁護士というのでは、リュシルとは永遠に結婚できない。法律家としてキャリアを積んで、徐々に高名を博していくだなんて、悠長な話もしていられない。やはり一発あてなければならないのだ。一夜にして英雄にならなければならないのだ。

デムーランは心の婚約者に続けた。

「僕は一日でも早く、いや、一分一秒でも早く、君の父上の前に進み出たいんだ。堂々と胸を張って、お嬢さんを僕にくださいというためには、やはり全国三部会の議員になるしか……」

「嬉《うれ》しいわ、カミーユ、とても嬉しい。そうなる日のことは、わたしだって夢にまでみたわ。でも、無茶は駄目。議員になるだなんて、そんな大それたことを考える必要はないの。歳相応になすべき仕事を果たしていれば、お父様だって……」

「歳相応なんだよ」

「えっ」

「そりゃあ、爺《じい》さんも少なくないさ。大半が五十代から、四十代というところさ。それでも議員のなかには、三十そこそこの人間だって、まるでいないわけじゃあないんだ」

各地の選挙結果が続々とパリに届けられていた。まだしもミラボーの成功であれば、デムーランも自分の落選を納得できないではなかった。あまりにも違いすぎるからだ。知らない男でないとはいえ、本質的には種類が違う人間だとさえ思うからだ。

本当の意味で打ちのめされたのは、また別な名前が聞こえてきたからだった。

「でも、それは、はじめから比べられないわ」

と、リュシルは受けた。あなたが仰《おつしや》るのは貴族代表の話でしょう。ええ、先代に早く死なれたことで、若くして公爵とか、伯爵の称号を帯びているような御曹司《おんぞうし》なら、そりゃあ議員にだってなれるわ。でなければ聖職代表で、つまりは同じ御曹司でも次男や三男という方たち。聖界に送られて、司教や大修道院長になっているような。

「いずれにしても、一族の人脈にものをいわせて、選挙を勝つ人たちとは……」

「孤児さ」

「えっ」

「その男は親に早くに死なれた孤児なんだ。貴族家門の孤児じゃないよ。司教でも、大修道院長でもない。かろうじて教区の寺子屋に通える程度の平民の生まれさ。それでも図抜けて頭がよかった。成績優秀をみこまれて、晴れの特待生になって、その男は自分で自分の人生を切り拓《ひら》いたんだ」

「…………」

「ああ、ルイ・ル・グラン学院を首席で卒業したほどさ。まだ三十一歳で、僕と同業の弁護士だけど、それがピカルディ州はアルトワ管区で、第三身分代表議員に見事当選を果たしたんだ」

「それって……」

「僕もルイ・ル・グラン学院の出だからね。ああ、旧知の間柄さ。二年上の同窓というわけさ。マクシムのことは、君にも話したことがあっただろう」

「マクシミリヤン・ドゥ・ロベスピエールさん……。憧《あこが》れの先輩だったたっていう……」

「憧れるさ。憧れるしかないのさ。どうやったって、かなわないんだから」

デムーランは再び声を張り上げた。若くったって、議員になれるんだよ。無名の弁護士だって、立派に当選できるんだよ。マクシミリヤンは風采の上がらない小男だけど、そんなことも関係ない。演説巧者というわけでもないからには、やはり勝因は『アラス人民に告ぐ』が、きちんと評価されたことにあるんだ。ああ、フランクリン流なんか関係ない。小冊子は有権者に読まれるんだ。

「ルイ・ル・グラン学院きっての秀才が書けば、ね」

「そうかしら。あなたの『フランス人民に寄せる哲学』だって、決して劣らないと思うわ。ええ、わたしは、あなたの才能を信じている。そんな風に自分を貶《おとし》めては駄目よ、カミーユ」

「だったら、どう説明できる。同じ弁護士が、同じ小冊子作戦に訴えたんだ。なのに、どうしてマクシムだけが当選する。どうして僕だけが落選する」

「例えば、そう、そのロベスピエールさんは今もパリにお住まいなの」

「いや、マクシムは卒業を機に故郷のアルトワに戻った。向こうのアラス市で弁護士会に登録している」

「それよ」

「それって」

「だから、アラスで働いてたからよ。立候補する以前に、仕事ぶりが地元に知られていたんだわ。選挙人たちにも好意的にみられていたんだわ」

「僕にもパリで立候補しろと、そういうことかい」

実際のところ、パリの選挙はこれからだった。議員定数の問題で揉《も》めたため、余所《よそ》より作業が遅れていたからである。が、それでも立候補は無理だと、デムーランは思う。錚々《そうそう》たる面々がひしめく大都会では、そもそもが僕など箸《はし》にも棒にもかからない。

そうした弱気を責めるのでなく、リュシルは話を先に進めた。

「そうじゃなくて、あなたもギーズで開業していれば、きっと当選していたというのよ。だから、自信をなくすことはないというのよ」

「ああ、そうかもしれない。向こうには親父《おやじ》の人脈もあるし、ありえない話じゃない。でも、どのみちギーズには暮らせないんだ。ああ、僕がパリを離れられるわけがないじゃないか」

意図したわけではないながら、知らず責める口調になったことは、デムーランにも自覚された。力説に頬《ほお》まで紅潮させていたリュシルが、刹那《せつな》に顔を俯《うつむ》かせていた。

「ごめんなさい、カミーユ、全部わたしのせいだわね」

「そうじゃない、そうじゃない」

がばと動いて女の膝《ひざ》に縋《すが》りながら、人目も構わない号泣のデムーランは、今度こそ本当の悲鳴だった。ごめんよ、リュシル、ごめんよ。君のせいなんかじゃない。僕が不甲斐《ふがい》ないだけなんだ。ああ、なんて情けない男だろう。でも、頑張る。いじけないで頑張るから、どうか僕を見限らないでくれ。

12――議員行進

ロベスピエールは感動なお覚めやらなかった。

一七八九年、五月四日、月曜日、フランス各地で選出された全ての議員は、ヴェルサイユ市内ノートルダム教会に集合を命じられた。

午前九時に管区ごとの点呼が始まり、速やかに発表されたところによれば、参集に応じた議員は第一身分聖職代表三百二名、第二身分貴族代表二百八十九名、第三身分平民代表五百七十六名、総数にして千百六十七名ということだった。

王太子殿下が御病気ということで、ルイ十六世の御出《おで》ましは遅れた。ようやく御姿を現されたとき、とうに時刻は十時をすぎていたのだが、苦情を申し立てる者などなかった。

もとより、至上の地位にあられるフランス王の都合である。でなくとも、晴れの舞台を迎える興奮が時間の歩みなど忘れさせ、多少の遅れくらいは誰も気にしなかったのだ。

国王陛下は内陣右側の玉座に腰を下ろされた。フランス王家の紋章である青地に金百合《きんゆり》の羅紗布《ラシャぬの》で飾られた場所であり、一段下に据えられたベンチ席には名だたる政府高官も並んでいた。

内陣左側の玉座は王妃マリー・アントワネットのものだった。こちらも侍女の一隊を伴いながら、右側と同じように着座を済ませた。厳《おごそ》かな空気の完成を見届けると、その喜びに弾《はじ》かれるようにして、全ての議員が一斉に起立したのだ。

議員たちは一本ずつ、火を灯《とも》された蠟燭《ろうそく》を渡された。それを祭壇に捧《ささ》げると、国王夫妻に恭《うやうや》しく辞儀を捧げ、あとは粛々として御堂を出ていくばかりになる。暗がりから歩を進めれば、なおのこと眩《まばゆ》いばかりの陽光を浴びながら、フランス人民の代表を外で待ち受けていたのは、国王近衛《このえ》のスイス人連隊だった。

賛美歌『ウェニ・クレアートル』が聞こえた。楽隊を従えながら、スイス人連隊が先導する先はサン・ルイ教会だった。そこで聖餐式《せいさんしき》が行われる予定だったが、ヴェルサイユ市内北側の教会から、南側の教会まで移動するに際しては、そのものが晴れの議員行進になるという趣向だった。

実際のところ、ヴェルサイユ市内は青地に金百合で、いたるところが飾り立てられていた。そのものが雅《みやび》の代名詞という宮殿施設に留《とど》まらず、市街地からして壮麗な装いを用意していた。ノートルダム教会からサン・ルイ教会まで、道を間違えないように脇道《わきみち》を塞《ふさ》ぐにも、ゴブラン織りの大判タピスリーが用いられたほどだった。

その華やかさと競うような勢いで、また沿道も無数の見物客で賑《にぎ》わっていた。壁のように大柄なスイス兵が、必死に留めていなかった日には、すぐにも行進の道を塞いでしまいそうなほど、人々は押しあい圧《へ》しあいで路傍を埋め尽くしていたのだ。

「国王ばんざい《ヴィーヴ》、全国三部会ばんざい《ヴィーヴ》」

その騒ぎときたら、大袈裟《おおげさ》でなく耳が馬鹿になるほどだった。歓声ながらに腕を振り、拳《こぶし》を突き上げという風景は、なにも低いところだけとは限らなかった。

沿道の建物では露台《バルコン》という露台が、見物のために高値で売りに出されていた。不景気の物価高にもかかわらず、それが綺麗に完売したと伝えられた。ヴェルサイユに押し寄せた人々は、頭上を見上げるかぎりまで、ありとあらゆる場所を埋め尽くしたのだ。

群集はハンカチを振り、花を投げ、あるいは紙吹雪《かみふぶき》を舞わせながら、列をなして進んでいく議員ことごとくを熱烈に歓迎していた。

——あるいは期待をこめて、祝福したというべきか。

それは全国三部会の始まりだった。幕開きの式典に参加しながら、三十一歳の弁護士マクシミリヤン・ロベスピエールも、法官めいた黒衣に身を固めていた一人だった。

あらかじめ国王政府が指定してきた、それが第三身分代表議員に望ましい服装だった。正装を皆で揃《そろ》えて進むほどに、感動はいやが上にも高まるばかりだった。

アラスで乗り合い馬車を雇い、ヴェルサイユに到着したのが一昨日の五月二日、土曜日の話だった。議事が開始されるのは五日火曜日からで、それまでに到着すれば、議員としての仕事には差し支えなかった。が、知己に路銀を借りてまで、開幕に間に合わせてよかったと、ロベスピエールは胸を撫《な》で下ろす思いだった。誰もが参加できるわけではないからだ。私はアルトワ管区とアラス市を代表して、ここにいるのだ。

――つまりは選ばれて、ここにいる。

ヴェルサイユの大地を踏みしめる一歩ごと、足が震えて仕方なかった。それが嫌だというのでなく、ロベスピエールは気分の高揚で、自分が輝いているようにも感じた。光栄の感覚は記憶にないものではなかった。ただ久方ぶりだ。

――なにせ、もう十四年も前だ。

一七七五年七月、前年の先王ルイ十五世崩御《ほうぎょ》を受けて、今上《きんじょう》十六世はシャンパーニュ州の大司教座都市ランスで、国王戴冠式《たいかんしき》を挙げられた。その帰路での話だ。ヴェルサイユに戻る前に、新王はパリに立ち寄られた。ルイ十四世を記念して建てられた、ルイ大王学院《ル・グラン》を視察なされるためだった。かかる光栄の機会に古典の最優秀成績者として、ラテン語の歓迎演説を陛下に差し上げた十七歳の学生こそ、マクシミリヤン・フランソワ・マリー・イシドール・ドゥ・ロベスピエールだったのだ。

――つまりは、この私のことだ。

震えた声が、ときおり裏返りそうになるほどの緊張に襲われながら、あの夏の日も若きロベスピエールは自分が輝いているように感じた。その輝きは人生を約束してくれたような気もした。

——なんとなれば、私は国王陛下と直《じか》に向きあっていたのだ。

王は月並な人間ではない。いや、ときに人間であることさえ許されなかった。存在自体が公益の象徴であり、あるべきフランスの繁栄そのものだからである。

ことさら王権神授説など持ち出して、神秘の理屈を唱えようとは思わない。が、それは若々しい王の即位に恵まれ、フランス中が政治の刷新を期待した折りだったのだ。ロベスピエールは予感に胸を震わせないではおけなかった。自分も新しい王国の一員として、それも前途有望な一員として、ルイ十六世陛下のため、ひいてはフランス王国のため、存分に力を振るうことになるのだと。

——しかし……。

十七歳の予感は裏切られた。フランス王国は変わらなかった。ルイ十六世の御世《みよ》になっても、政治は刷新というほどの刷新も経験せず、それどころか万事が前例踏襲で、変化といえば新王がその若さにもかかわらず、寵姫《ちょうき》を置かなかったことくらいだった。

王の色好みのために、何万リーヴルという血税が浪費されずに済んだ。それは間違いないのだが、かわりに「赤字夫人」の名前も聞こえた王妃マリー・アントワネットが、女友達を身辺に侍《はべ》らせた。これに贅沢三昧《ぜいたくざんまい》をさせたので、結局のところ宮廷も変わらなかった。

ヴェルサイユでは酒池肉林の宴《うたげ》が際限ない。無節操の報いで、王室は財政難に喘《あえ》ぐ。それは同情の余地なしとして、かたわらではフランスの万民が、今も食うや食わずの苦境を強《し》いられたままなのだ。

そのひとりに埋没したまま、ロベスピエールの人生も夢のような飛躍を示したわけではなかった。

パリの学校を出てからは、故郷アラスで弁護士を始めた。なかなかの切れ者だと評判を取りながら、仕事が引ければ地元のサロンに出入りするようにもなった。流行のジャン・ジャック・ルソーなど論じて、意外な進歩派として注目されたりしないでもなかった。

――堅実といえば堅実な人生。

弁護士らしい革新の思想を含めて、ある意味では絵に描いたような地方の小ブルジョワである。そうした人生に不満があるわけでもない。暮らしには困らない。相応の地位もあり、人々の尊敬を勝ち得ている。両親に早く死なれた孤児の末としては、あるいは大成功の栄達とするべきなのかもしれない。

社会派として種々の法律問題を取り扱い、日々が充実していないわけでもなかった。

もっと金がほしいとか、あるいは地位がほしいとか、その種の不潔な野心となると、かえって忌み嫌うところだ。

――ただ忘れられなかった。

今も記憶のなかで輝いている、あの十七歳の夏の予感――それだけはロベスピエールも決して忘れることができなかった。だから、このままでは終われない。まだ私はなにかしなければならない。

そこに全国三部会の触れが舞いこんできた。歴史的な飢饉《ききん》の惨状に心を痛め、なにかしなければならないと、いっそうの焦りに駆られていた折りだった。

選挙で議員が立てられると聞くや、もうロベスピエールは興奮しないでおけなくなった。熱病さながらの考えに、一瞬にして取り憑《つ》かれたといってもよい。ああ、私は議員に立候補する。今度こそルイ十六世陛下を助ける。フランス王国を改善する。それができれば、私は自分の人生に満点の誇りを持てるようになる。

霊感のままに動いて、それが裏切られなかった。アルトワ管区で八人中五番目ながら、第三身分代表議員に選出された。期待してくれ、皆のために働こう、全身全霊を尽くすからと、故郷の人々に約束しながら、ロベスピエールは意気揚々とヴェルサイユに乗りこんできたのである。

――ここは今や放蕩《ほうとう》の巣窟《そうくつ》ならぬ、世直しの殿堂なのだ。

そうやってロベスピエールは、式典が終わり、議員行進が散会になり、各々で宿に戻り、きっちりした黒の法服を寛《くつろ》げて、なお興奮覚めやらなかったのだ。

13――新聞

五月四日の夜は眠ることとてできなかった。あれやこれやと思い返しているうちに、初夏の朝がさっさと空を明るくしていったと、そんなような感じだった。しまったと呻《うめ》いたことには、明らかな睡眠不足だった。が、意外なほどに疲れはない。いや、疲れたなどといってはいられない。

――なんとなれば、もう五月五日なのだ。

今日から議会審議が始まる。始まるのだぞと自分に言い聞かせながら、ロベスピエールは寝台を離れた。きっちりクラヴァットを首に結ぶところまで自分でやると、昨夜に予約していた鬘師《かつらし》を呼びつける。法廷に立つときに使っていた、つまりはなけなしの一丁羅を頭に載せて、白い粉までふりかけられることで、ようやく身支度が整うと、ロベスピエールは部屋までさっさと飛び出した。

逗留《とうりゅう》を決めたのがルナール館という、ヴェルサイユ市内サント・エリザベート通りの旅籠《はたご》だった。世辞にも綺麗とはいいがたい安宿だったが、ここに決めたのは、いくらか足せば階下の食堂で朝飯を食わせてくれるという話だったからだ。ああ、早いとこ腹ごしらえを済ませてしまおう。ぐずぐずしちゃあいられない。今日も集合は九時なのだ。

食堂に降りていくと、確かに厨房《ちゅうぼう》に人が働いている気配があった。ところが、まだ朝食はできていない。声をかけると、ただいま、ただいまと調子のよい返事ばかりは戻ってきた。が、同宿の議員たちも起きてこないことだし、実際に給仕されるまでは少し待つことになりそうだった。

仕方ないと、誰もいない食卓の椅子《いす》を引いたときだった。

——なになに、『全国三部会新聞』だって。

そう題された瓦版《かわらばん》が、無造作な感じで卓上に投げ出されていた。朝食の給仕を待ちがてら、それをロベスピエールは読むでもなしに読んだ。

「…………」

みる間に強く惹《ひ》きこまれた。が、若い頃からの勉強が災いして、ロベスピエールは近眼だった。字がぼやけて、まったく苛々《いらいら》する。やおら懐から眼鏡《めがね》を取り出し、それをかけながら、紙片ごと明るい窓辺に移動しないでいられなくなる。それは早くも昨日の議員行進を論評した記事だった。

「身分で決められた服装の区別は、おおむね不評であった。それを皆が平民代表に加えられた侮辱と理解したからだ。なにせ第三身分は羽根飾りも、レース飾りも認められなかったのだ。同時に特権二身分についても、驕《おご》り昂《たかぶ》るにも程があると怒りを感じた」

――いや、そういうわけでもなかった。

ロベスピエールも現場にいたが、侮辱されたとか、怒りを禁じえないとか、そんな風には感じなかった。

第一身分、第二身分の議員たちは、確かに派手な格好をしていた。聖職代表は頭上に司教冠を聳《そび》え立たせ、いたるところ金糸で飾り立てられた祭服で、みるものを圧していた。かたやの貴族代表も、色とりどりの錦《にしき》があしらわれた絹の上着を羽織るに加えて、ふわふわと大きな羽根飾りまで帽子に泳がせることで、古《いにしえ》のアンリ四世様式を気取っていた。

なるほど、時代を逆行するような装いは、新たに生まれ変わるべき王国の祭典というよりも、伝統遵守《じゅんしゅ》、前例踏襲を重んじる宮廷儀礼のようだった。格式云々《うんぬん》を別としても、金に糸目をつけない孔雀《くじゃく》さながらの飾り立て方は、現下の苦境のフランスにあっては、まるで別世界に遊んでいるようにもみえた。が、それをロベスピエールは当座は不謹慎とも思わなかったのだ。

聖職者とはそういうものだし、貴族とはそういうものだと軽く受け止め、特に疑問を覚えることもなかった。が、『全国三部会新聞』を数行ほども読んでしまうや、そんな自分が急に恥ずかしくなってきた。

——確かに侮辱に思うべきだった。

外見から差をつけてやろうという悪意が隠れていたとするなら、第三身分の代表にとっては確かに屈辱的な話だった。この現代においてさえ平民の台頭は許さないと、高慢な特権者たちは遠回しに宣告してきたようなものだからだ。

——が、そういう貴方《あなた》がたの勝手で、フランスは駄目になったのじゃないか。

ロベスピエールは、ふうと息を抜いてみた。勘ぐりすぎかとも、思い返さないではなかった。じくじく小さな問題を突いては、それを大袈裟《おおげさ》に取り沙汰《ざた》していると、あるいは『全国三部会新聞』の筆者を窘《たしな》めてやるべきか。

そう冷笑を試みて、なおロベスピエールは自分の心に刻まれた、一点の不快感を認めないではいられなかった。促されて振り返るなら、なるほど屈辱的な話ばかりだ。

五月四日の行進だけではなかった。五月二日の土曜日、議員は全国三部会の開会に先駆けて、国王謁見を賜《たまわ》ることになった。ロベスピエールも指定の時間に出かけたが、第三身分は三時間も待たされることになった。

——まあ、それは順番ということだから、ひとまず仕方がないとして……。

最初に謁見を許されたのが、第一身分代表だった。聖職者たちは王の執務室に通されると、きちんと扉が閉められた密室で、なにやら御言葉をかけていただいたらしい。次が第二身分代表で、貴族たちは扉は開け放たれたままながら、やはり懇《ねんご》ろに執務室に迎えられた。さて、ようやく自分たちだと期待に胸を膨らませていたところ、第三身分代表は少し離れた王の寝室のほうに案内されてしまったのだ。

執務室は許されたものしか入れない。が、寝室は特別ではなかった。王族たるもの、私生活を公開して、フランス人民に範をたれなければならない。そうしたルイ十四世以来の伝統で、普段から出入り自由になっていた。

いざ通されてみても、王は半身を立てながら、寝台に休んでいる体《てい》だった。ぞろぞろと列なしながら、その前を辞儀ながらに通りすぎては、興味なさげな陛下の頷《うなず》きを賜るというのが、平民が与《あずか》れるところの謁見だった。いや、まあ、それは人数も多いことだし、やはり仕方がないとして……。

——いや、仕方なくはない。

かっと血が沸騰して、ロベスピエールは今さらながらの悔しさに赤面した。私も私で、全体なにを浮かれていたものか。

なんとなれば、ただヴェルサイユで議員行進に加わることができれば、それでよいわけではない。ただ宮殿で国王の御尊顔を拝めれば、それでよいわけではない。第一身分、第二身分と変わらない、また私も議員だからだ。人民に選ばれて、三部会に議席を有する人間だからだ。このフランスを変えなければならないと乗りこんできたはずなのに、十七歳の学生気分で私ときたら、なにをのぼせあがっていたというのか。

そんな自分を許せないと思いつけば、いや増した悔しさに涙まで出てきた。が、そろそろ物音が耳に届く。同僚議員が起き出して、食堂に集まってくるようだった。それを背中に受け止めながら、窓辺のロベスピエールは自らの動揺を押し隠した。

――見苦しいぞ、マクシミリヤン。

そう自分を叱咤《しった》すれば、いくらか救われた気になれた。ああ、見苦しい。徒《いたずら》に取り乱してみたところで、なにがどうなるわけでもない。ああ、やりたい奴《やつ》にはやらせておけ。差別したければすればよいし、それで幼稚な自尊心が満たされるなら、是非にも満たしてくれればよい。ああ、連中と同じ足場に立つものじゃない。より高いところから俯瞰《ふかん》して、私なりの初志を貫徹すればよいのだ。

そう自分を納得させて、なおロベスピエールは紙片を手放すことができなかった。

『全国三部会新聞』は続けていた。

「とはいえ、事態はより深刻である。その政治的な帰結まで予想して、怒りを覚えている向きとなると、これは少ないといわなければならないからである。

ゆえに筆者は問いたい。聖職者も、貴族も、平民もなく、そもそもが立法機関の一員たる人間に、指定の服装を強要すること自体の意味を、どうして考えようとしないのかと。君主の命であれ、はたまた政府の命であれ、それは式典を行う側の不条理で馬鹿げた意向に、人民の意志を委《ゆだ》ねられたる者を服従させる悪意に他ならないのではないかと。

それこそ独裁の絶頂である。それこそ人民に加えられた最たる辱《はずかし》めである。

服装が優雅であれ、豪華であれ、そんなことはどうでもよい。隷属させられている、させられていないの問題とは、そもそもが関係ない。ただ高圧的な権力というものは、不条理で馬鹿げた命令が、神聖にして賢き法と同じように忠実に実行される様を眺めるときこそ、大いに笑うものなのである。

自由のために生まれた人間は、かくも不名誉な辱めに迎合できるものなのか」

窓辺から窺《うかが》うと、五月五日は雨だった。紙片を綺麗に折り畳み、丁寧に上着のポッシュにしまってしまうと、ロベスピエールは帽子ばかりを鬘に重ねて、もう旅籠を出てしまった。朝食を取ることなど忘れていた。息苦しいばかりに臓腑《ぞうふ》に溜《た》まったものがあり、すでにして空腹は感じなかった。

14——議場

指定の議場はムニュ・プレジール公会堂だった。

パリ通りに鎮座するムニュ・プレジール館に付属させて、この全国三部会のために新たに設営された建物は、反対側ではシャンティエ通りに面していた。

大広間は千人を超える議員を悠々収容することができ、傍聴席も別に四千人分が用意されていると、そう触れこみが聞こえた巨大建築である。パリ通りにせよ、まっすぐ宮殿の正門に通じるヴェルサイユの目抜き通りなのであり、不案内な地方出身者にも道を間違える心配はなかった。

事実、パリ通りに出れば、すぐにわかった。乗りつける馬車で道が混雑していた。数台は前進も後退もできないまま、ただ長々と列をなし、ひたすら雨に打たれていた。

「坊さまといい、殿さまといい、この狭いヴェルサイユで、どうして馬車など使わなければならないのか」

そう苦言が口を突いて、やはり心は悪感情から逃れられていなかった。はん、平民には健脚という特権があるのだと、ロベスピエールは努めて冗談めかしながら、せめて涼しい顔で渋滞を抜けてやることにした。

小柄なことも手伝って、実際するする造作もなく、混雑を縫うことができた。あっという間に正門に到着し、あとは大きく扉が両開きにされた先に向かうだけだった。

もちろん入場口も混み合っていたが、進退きわまる聖職者や貴族の姿を眺めるほどに、ロベスピエールには痛快なばかりだった。はん、もう馬車の屋根もなし、せっかくの御《お》洒落《しゃれ》がズブ濡《ぬ》れじゃないか。にやにやしながら、それは肥満体の司教の袖《そで》を掠《かす》めて、なかに進もうとしたときだった。

「待たれよ、もしや平民代表の方か」

ロベスピエールは振りかえった。呼び止めたのは、正門警備の衛兵だった。外国訛《なま》りがないことから、フランス人だとわかったが、スイス人衛兵に比べて小柄だとはいえ、こちらの弁護士からすれば、やはり見上げるくらいの大男である。

——それでも臆《おく》してなるものか。

努めて宥《なだ》めてはいたものの、やはり神経はピリピリ先を尖《とが》らせていた。そこを無遠慮に触られたようで、カチンと来たのだ。

口を開いたとき、ロベスピエールは我ながら絡むような調子だった。ああ、いかにも、私は平民代表だ。この黒装束をみれば、一目瞭然《いちもくりょうぜん》わかるだろう。

「で、平民代表だから、どうだというんだね。まさか議員ともあろう人間を捕まえて、議場に入るなというつもりではなかろうな」

「議場には、お進みください。ただ第三身分代表議員は入口が別になっております」

「別だと。どうして別なのだ」

「存じ上げません。そう上から指示があっただけです」

「上からの指示だと。ならば、君と話していても無駄だな」

ロベスピエールは無視して、そのまま入ろうとした。が、あちらの衛兵も負けず、こちらの腕をつかんできた。ただ引き止めただけなのだろうが、物凄《ものすご》い力だった。大袈裟《おおげさ》でなく、脳天まで痺《しび》れが来たほどだ。

土台が体力には自信がない。腕力に訴えられれば、すぐに降参してしまう。後日に言葉で報いようとも、その場は即座に引き下がる癖がついている。そんなロベスピエールも今度ばかりは、あらんかぎりの気力を絞り、相手を睨《にら》みつけてやった。

「離せ。私は正当に選ばれた全国三部会の議員だぞ。アルトワ管区の代表だが、ということは、君がしていることは、アルトワ管区の何万という人民を、暴力に従わせるのと同じことなのだぞ」

「存じております。アルトワの方々に無礼を働くつもりもありません。実をいえば、私もピカルディ州の出なのです」

「そ、そうか」

「議員の方には最大限の敬意を払うつもりでおります。ですが、何度も申し上げますように、第三身分代表議員の方は入口が別になっているのです」

数秒の睨み合いが続いた。いや、もう睨み合いにはならなかった。ロベスピエールがそのつもりでも、すでにして衛兵のほうが懇願の目つきだったのだ。なるほど平民代表を通してしまえば、正門警備の任を怠ったとして上官に叱《しか》られる。ただ命令に従うのが兵隊であるならば、この男に悪意があるわけではない。

「第三身分代表議員の入口は、あちらのほうになっております」

衛兵が手ぶりで示した。振りほどくような動きで、ロベスピエールは自分の腕を取り戻した。ここは従うより仕方がないと了解しながら、それでも口許《くちもと》では、ぶつぶつ続けないではおけなかった。

「今にみていろ」

第三身分代表議員に指定された入口は、ほとんど裏口のようなところだった。門らしい門もなく、入場口の扉も片開きで、小柄なロベスピエールであれば、すんなり通り抜けられようものの、少し大柄な男であれば、きっと身体《からだ》を斜めにしなければならなかった。

気にしてしまえば、ありとあらゆる仕打ちが侮辱に感じられる。いちいち気にするなと自分に言い聞かせてみても、その心が平らになる以前に、またぞろ苛々《いらいら》させられる。なんとなれば、こんな粗末な裏口を抜けるのにも、第三身分は降りしきる雨に打たれて、なおも待たなければならないというのだ。

ほとんどの議員が徒歩で、渋滞の理由もないはずなのに、こちらにも行列ができていた。管区ごとの点呼が行われていたからだ。まだ名前が呼ばれていない議員は、路傍に待機していなければならなかったのだ。聖職者だの、貴族だのは、議場に進んでからの出欠確認だったにもかかわらず、だ。平民だけは議員という、なけなしの身分を証明しないかぎり、真に選ばれた者のみに許される神聖な議場には、ただの一歩も進ませないという理屈なのだ。

――やはり差別されている。

待たされている間に、ロベスピエールは猛進してきた馬車に泥撥《どろは》ねまで浴びせられた。恐らくは遅刻を恐れた聖職者か貴族の議員だろう。

馬車が正門のところに横づけされると、大急ぎで下僕が降りて傘を開いた。はん、入場口まで濡れるほどの距離でもなかろう。それより先に、この私ではないか。汚れが目立たない黒装束なら、泥だらけにしても構わないという了見なのか。あらかじめ辱めを加えるために、平民には黒衣を指定したというのか。

「今にみていろ」

ハンカチで上着を拭き拭《ふ》き、それでもロベスピエールは議場に急いだ。

ムニュ・プレジール公会堂は前評判に違《たが》わず、その内装も壮麗の一語に尽きる場所だった。ギリシャ様式の石柱が三方の傍聴席を仕切り、一段降りた議場には床一面に足首が埋まるような絨毯《じゅうたん》が敷き詰められ、そこに羅紗布《ラシャぬの》の覆いがかけられたベンチが並んでいた。これが議席というわけだ。演壇ばかりが据えられて、中央に残された長方形の空間に、三方それぞれの方角から正対している格好だ。

余る一方で再び階段状に迫《せ》り上がるのが大広間の正面で、やはり王家の百合《ゆり》の紋章が飾られていた。紫色の羅紗布が張られた床に、天蓋《てんがい》付の玉座が据えられ、まだ空席になっていたが、そこに国王ルイ十六世が着座して、今日は議事にも親臨なされるはずだった。

――しかし、遠い。

と、ロベスピエールは思った。同じ議場も、玉座からみて右側の一辺が第一身分の議席、左側の一辺が第二身分の議席だった。第三身分の議席はといえば、国王と正面で向き合う形だとはいえ、最奥《さいおう》の一辺があてられていた。

なんだか外野めいていて、場所によっては傍聴席のほうが、かえって議事を聞きやすそうだった。少なくとも、玉座には近い。それは国家の意思に近侍《きんじ》できるという意味だ。

あらかじめ無視されたかのように遠ざけられて、またしても第三身分は虐《しいた》げられていたのだ。

——やはり差別されている。

ほとんど確信に至りながら、もうロベスピエールは腹を立てようとは思わなかった。どう騒ぎ立てても、無駄だからだ。取り合ってもらえるわけがないからだ。ああ、好きにするがいい。幼稚な真似《まね》をしたければ、いくらでもすればいい。それで自尊心を満足させてくれるなら、我々にとっても安い買い物といえるのだ。

——それで発言させてもらえるならば……。

発言権だけは譲らない。どんな屈辱に甘んじても、それだけは譲らない。そう念じながら、ロベスピエールが唱える名前はひとつだった。

——我々にはネッケルがいる。

希望の平民大臣が、必ずや連中の鼻を明かしてくれる。ほとんど全ての第三身分と同じように、ロベスピエールも財務長官ネッケルをフランスの救世主と仰《あお》ぎみるひとりだった。

ああ、ネッケルなら、やってくれる。そう心に繰り返すほど、拳《こぶし》を握らないでおけないのは、今日五月五日に予定されている演説で、保留になっていた最大の焦点に触れられるはずだからだった。すなわち、こたびの全国三部会は一六一四年方式で行われるのか、それともドーフィネ方式で行われるのか。

身分別に審議が行われ、部会毎《ごと》に議決が採られる一六一四年方式では、第三身分には発言権がないのと同じことである。第一身分が反対、第二身分が反対となれば、第三身分だけが賛成を決めたとしても、全国三部会の総意としては二対一で、あえなく退けられてしまうからだ。これが共同審議、頭数投票のドーフィネ方式となれば違う。そのときこそ第三身分に与えられた、倍の議員定数がものをいう。ああ、主張を貫き通すのは我々のほうになる。

――そうなってから、吠《ほ》え面かくな。

自分の議席に腰を下ろすや、ロベスピエールはふうと大きく息を吐いた。ぴりぴりすることはない。ネッケルなら、やってくれる。ああ、必ずやってくれる。

15――開会

最初に登壇したのは、国王ルイ十六世だった。満場の拍手に迎えられていた。またロベスピエールも自ら手を打ち鳴らし、心からの敬意を示した。

ルイ十六世ご本人に悪感情を持つではなかった。第三身分に対する度重なる悪意が、王個人の差し金であるとは考えられなかったからだ。紆余曲折《うよきょくせつ》の経緯はあれ、なんといっても三部会の召集を決断なされた陛下である。絶対の権力を謳《うた》われたフランス王にして、百七十余年ぶりに第三身分の声にも耳を傾けようとなされた方なのである。

――わけても、この私は陛下の素顔を存じ上げている。

十七歳の予感は予感として、やはり間違いではありえない。なお譲らないロベスピエールは、このときも登壇した王の鈍重ともいえる身のこなしに、努めて大器の片鱗《へんりん》をみてとろうとした。ああ、根が鷹揚《おうよう》な御人柄なのだ。包容力に優れる名君なのだ。

実際のところ、ルイ十六世の演説は、まずまず妥当なものだった。現下の問題が解決されることを期待するとか、わけても財政の再建が急務であるとか、内容そのものは平板の誹《そし》りを免れなかった。が、くぐもるように低い声は、ガランとした公会堂の四壁に響くと、なかなか耳に心地よかったのだ。

それが演説全体の好印象を決めた。もとより三部会の冒頭に国王の御言葉を賜《たまわ》ること自体が光栄なのであり、その内容まで厳しく吟味されるべきではなかった。

してみると、続いた国璽尚書《こくじしょうしょ》バランタンの演説はいただけなかった。聞くべき内容がない点は同じだったが、それならば増して余計口は控えられるべきだった。少なくとも、こちらの神経を徒《いたずら》に毛羽立たせる理由はない。

「すなわち、小生としては改革の行き過ぎのほうも、また懸念しないでおられません」

それは王国各地で連続した暴動、打ち壊し、一揆《いっき》の類《たぐい》を取り上げながら、暗に平民大衆の動きを牽制《けんせい》した発言だった。これにも第一身分、第二身分は拍手喝采《はくしゅかっさい》で報いたが、第三身分の議席ばかりは静まりかえり、ロベスピエールが周囲を見回したところでも、皆が憮然《ぶぜん》たる表情になっていた。

——やはり、そういうことだったか。

これでは犯行を自白したも同然だ。国王謁見の機会にも差別を設け、故意に貶《おとし》めるような服装を指定し、あまつさえ議場にいたる入口まで分けるという悪意の数々は、国璽尚書バランタンをはじめとする廷臣連中が画策したものだった。陛下の鷹揚をよいことに、勝手放題に及んでいたというわけだ。

――はん、つける薬がない。

はん、どうでもよい。バランタンの輩《やから》に腹を立てるより、ロベスピエールは痛くなるほど手を叩《たた》くほうが先だった。ああ、いよいよだ。

ジャック・ネッケルが登壇していた。やや面長の相貌《そうぼう》も二重顎《にじゅうあご》のふくよかさに、実力者の余裕と貫禄《かんろく》が窺《うかが》えるようだった。もったいつけるでない、きびきびした身のこなしからは、実利主義者の活発な精神が感じられた。耳の上で巻き上げた短めの鬘《かつら》など、動きやすい清潔感を醸しながら、まさに勤勉を旨とするブルジョワの面目躍如か。

――これが我らの英雄だ。

第一身分、第二身分は白けた様子で形ばかりの歓迎だった。が、その冷笑を感じとるほど、第三身分は収まらないのだ。公会堂の高天井も割れよとばかりに、いっそう大きく拍手の音を響かせて、平民大臣に寄せる敬意と期待の大きさを表現せずにはいられないのだ。

「お集まりの議員の皆さん、周知のように今日フランスは未曾有《みぞう》の国難に見舞われております。ええ、この期《ご》に及んで、誤魔化《ごまか》しはいたしますまい。最初に端的な数字を挙げますならば、国家の赤字は実に二億八千万リーヴルに上っております」

ネッケルは財政問題から始めたようだった。もちろん重要な問題であり、それについては国王ルイ十六世も、国璽尚書バランタンも触れていた。いや、バランタンなど論じられるべき問題は国家財政だけという勢いであり、国民経済ならびに国民生活の改善については、ただのひとつも論じなかった。「改革の行き過ぎを懸念」しているからには、無論のこと国民の権利についても、また不条理な特権の制限についても触れていない。

――それがネッケルとなると、触れられないわけがない。

いつ触れるか、いつ触れるかと、ロベスピエールは平民大臣の口許《くちもと》を凝視し続けた。が、演説が始まって三十分もしたろうか、その唇が動きを止めた。ネッケルは演壇を降り、かわりに登壇したのが王立農事委員長ブルッソネだった。

きんきんと声が甲高い人物だった。議場に不快感さえ与えながら、農事委員長は財務長官にかわって、引き続き財政問題の現状を訴えた。が、それも二億八千万リーヴルの赤字の内訳として、細々した数字を並べ立てただけなのだ。

ロベスピエールは十分も経たないうちに苛々《いらいら》した。いつ終わるか、いつ終わるかと思ううちに、それが二時間を超えて続いた。

苛々しないまでも、あまりな退屈に欠伸《あくび》を際限なくした議員は少なくなかった。聖職代表、貴族代表の並びを見渡せば、こくりこくりと居眠りを始めた輩もいる。ブルッソネの報告が長引くほどに、ほとんど憤りを覚えるまでになりながら、それでもロベスピエールは話を聞き続けたのだ。

一六一四年方式か、ドーフィネ方式か、かかる枢要な問題に関して下される決断など、もちろん農事委員長の口からは聞けそうになかった。見越したうえで、ロベスピエールは推察した。ネッケルが再登壇するに違いないと。そのとき切り出すに違いないと。特権二身分の反発が必定であるからには、この大勝負に集中するため、個別具体的な財政問題に関しては、部下に報告を任せることにしたのだろうと。

「以上で小生の報告は終わります」

と、ブルッソネは長すぎた報告を結んだ。今度こそだ、とロベスピエールは固唾《かたず》を呑《の》んだ。いうまでもなく、目は閣僚席のネッケルに釘《くぎ》付けである。ああ、立つぞ。我らが英雄は立つぞ。

「…………」

期待の財務長官は動かなかった。というより、並びの玉座のルイ十六世が先に動いた。ゆっくりした動作で、王は毛皮の帽子を持ち上げた。飾りのダイヤが閃《ひらめ》くと、貴族代表議員の面々が応じて、こちらも自分たちの羽根飾りを泳がせた。ならって第三身分代表も帽子を脱いだが、それは平民には許されない作法であるらしかった。

特権二身分の議席から、どよめきが聞こえてきた。困惑顔の王が再び帽子を上げると、それを脇《わき》から王妃が咎《とが》め、こちらの第三身分としても帽子を脱いだり、かぶったりで、その様子が滑稽《こっけい》だというのだろう。あとの議場に失笑が満ちていった。

──が、そんなことは、どうでもよい。

王は王妃を伴い、退場した。閣僚廷臣の面々も、あとに続いた。ネッケルも、だ。議席でも退場が始まった。出口が大きいおかげなのか、第一身分、第二身分代表議員は、いなくなるのが早かった。反対に第三身分代表議員は出口が小さく、また人数も多いため、いくらか渋滞を余儀なくされた。が、そんなことは、どうでもよいのだ。

──終わり、なのか。

ロベスピエールは呆然《ぼうぜん》として自問した。審議の進め方にも、投票の決し方にも、ネッケルは触れなかった。だというのに、終わりなのか。第三身分は発言権さえ約束されなかったというのに、そのまま明日には全国三部会の審議が始まってしまうのか。

巨大施設ムニュ・プレジール公会堂は今や、いやが上にもガランと空疎な印象だった。第三身分の議員たちまで退場すれば、凍えんばかりの寒々しささえ覚えてしまう。が、ロベスピエールはその場に堪えた。なかなか去ろうという気にはなれなかった。

「ル・シャプリエと申します。ブルターニュ州レンヌ管区選出です」

声をかけられ、ロベスピエールはハッとした。あっ、ああ、私はマクシミリヤン・ドゥ・ロベスピエール、ピカルディ州アルトワ管区選出です。とっさに答えてから気がついた。ムニュ・プレジール公会堂にも、まだ数人の議員が残っていた。

ル・シャプリエと名乗る男は続けた。鰓《えら》が張った相貌からして、押しが強い風だ。

「紹介いたしましょう。こちら、ラングドック州ニーム管区選出の、ラボー・サン・テティエンヌ君」

同じ黒衣も、それは詰襟が潔癖な感じの男だった。かたわらで筋の通った鼻梁《びりょう》に、ある種の気取りというか、わざとらしいほど芝居がかった嫌いもある。

「プロテスタントの牧師をやっております。カトリックの神父ではないので、第三身分代表として選出されました」

「ああ、それで……」

「ロベスピエール君、もう御一方よろしいですか。こちらはドーフィネ州グルノーブル管区選出のバルナーヴ君です」

進み出たのは、ぼってりと丸い大鼻が、その第一印象を決めてしまうような男だった。愛嬌さえ感じさせる顔つきながら、それを冗談にするとか、ましてや揶揄《やゆ》する気になどなれないのは、それ自体が類稀な才能を表現しているかに思われたからである。

只者《ただもの》ではないなと、警戒心のようなものまで胸に湧く。それが証拠に、ずいぶん若い。自分も議員としては若いつもりでいたが、さらに数歳は若いだろう。

「ああ、あなたでしたか、ドーフィネで州三部会を指導したというのは」

自ら口に出した地名に、ロベスピエールは光明をみる思いがした。つまりはドーフィネ方式のドーフィネだ。この全国三部会が模範とするべき州三部会が行われた土地だ。

その代表としてヴェルサイユに乗りこんだからには、ましてやバルナーヴが審議の方法、議決の方法を曖昧《あいまい》なままにしておけるわけがない。

――ああ、当然の話だ。

ル・シャプリエ、ラボー・サン・テティエンヌを含めて、今日の演説に疑問を覚えた向きは、自分ひとりというわけではなさそうだった。

「正直ネッケル氏には失望いたしました」

ル・シャプリエが切り出した。早くも顔面を紅潮させて、隠れもない熱血漢の類らしかった。比べると温和な知性が勝つ感じで、バルナーヴが続いた。

「なんらかの陰謀が働いているのかもしれませんね」

「ええ、廷臣どもに脅されている可能性は、私も考えないではなかった」

ラボー・サン・テティエンヌが引き取れば、ロベスピエールも黙ってなどいられなかった。

「いずれにせよ、ネッケル氏は頼みになりません」

「決めつけたものではないでしょうが、このままでは第三身分代表議員六百人が、ただの御飾りにすぎなくなると、そうした懸念は拭《ぬぐ》えませんね」

「つまりはバルナーヴ、この全国三部会では身分別の審議、部会ごとの投票、すなわち一六一四年方式が採用されるということかね」

「このまま何も起こらなければ、そうならざるをえないでしょう。とかく区別したいという思惑は、すでにして否定しようもないわけですからね」

「いや、正直もう堪えられんぞ。第三身分を侮辱するにも程がある。ああ、そんなこと、断じて許しておくものか」

「ル・シャプリエ君のいう通りだ。だから、手を拱《こまね》いている場合じゃない。ネッケル任せにしてはおけないでしょう」

自分たちで行動しなければ。そう持ちかけながら、ロベスピエールは知らず前のめりになっていた。

16――議員資格審査

各管区ごと、第三身分代表議員の意見を集約しよう。そう合意ができたのは、初日の議事が終了したばかりの五日午後、有志が集まり昼食の卓を囲んだときの話だった。

実際、それぞれが宿舎に持ち帰り、同郷の議員同士で議論が夜中まで尽くされた。六日朝に持ちよられたのは、改めて集約するまでもない意見だった。

「身分による議員の区別を廃止すべし」

皆が不服を感じていた。第三身分代表を故意に挑発しているかの態度には、誰もが不快感を覚えずにはいられなかったのだ。

とはいえ、第三身分代表は全員が思うところを一致させる一枚岩の集団かといえば、そうそう簡単な話にはならなかった。皆が等しく感じていた不快感も、誰が、どのような形で表明するかとなると、こちらの議論は紛糾した。

「第三身分代表議員の発議という形で、合同審議、頭数投票を要求しよう」

「いきなりか。それでは一方的すぎないか。仮に強行できたとしても、第一身分と第二身分が納得したことにはならないぞ」

「ああ、向こうの言い分も聞くべきだろう。一六一四年方式とドーフィネ方式、いずれを採るべきなのか、まずは議員全員で議論を尽くさなければなるまい。それを全国三部会が最初に審議するべき議題とするよう、他の二身分に求めていこうではないか」

「馬鹿をいえ。審議というが、それはどうするつもりだ。各部会に分かれて審議を行うのか、それとも合同で行うのか」

「まて、まて。そんな大袈裟な話じゃない。とりあえずは門を開けてもらおうじゃないか。第三身分の代表も両開きの正門から、議場に入れるようにしようじゃないか」

「なにを今さら瑣末《さまつ》な話を」

「瑣末な話ではない。我々は不服を覚えているのだと、そのことを連中に気づかせないでは始まらないのだ」

「……？」

ロベスピエールは首を傾《かし》げた。あれ、おかしい。左右の腕を一杯に広げながら、割りこまないではおけなかった。

「まて、みんな、まて」

よくよく考えてみれば、こんな大声で侃々諤々《かんかんがくがく》の議論を戦わせていること自体がおかしかった。第一身分、第二身分の御偉方は、まだ御出《おで》ましでないようだからと始めたのだが、今さらながら懐中時計を確かめると、時刻はとうに午前九時を回っていた。にもかかわらず、第三身分代表は他に聞かれてはまずい話を、まだ大声で続けているのだ。なるほど、ムニュ・プレジール公会堂には空席が目立っていた。審議が開始される時刻になっても、聖職代表、貴族代表ともに姿を現さなかったからだ。

「これは、どういうことだろう」

ロベスピエールは問うたが、誰も答えられなかった。ぎこちない沈黙が拡《ひろ》がるばかりだった。その静けさに足音を響かせたのが、宮廷から遣わされた廷臣と思《おぼ》しき、桃色のジュストコール衣を着た男だった。

「ええと、それでは議員の皆さん、さっそく始めましょう。本日は議題の審議に先立ちまして、議員資格審査を済ませたいと思います」

そのものは単なる手続きにすぎなかった。各管区ごとに点呼を行い、名前を呼ばれた議員が当選証書と選挙人に託された委任状、陳情書等々を提示して、その資格を証明するだけの話だ。

それは予告された段取りでもあった。ロベスピエールにしても、必要書類は持参してきた。

「ですが、まだ全員は揃《そろ》っておりません」

「遅刻者がいるのですか。何名ほどですか」

「何名ほど、どころではありません。第一身分と第二身分の代表が、そっくり来ていないのです」

自分で言葉にした時点で、ロベスピエールは嫌な空気を確信した。桃色の廷臣は少しも慌てなかったからだ。ほんの僅《わず》かでありながら確かに小鼻を動かして、そうすることで息を抜いた嘲笑《ちょうしょう》の表情は、言質《げんち》は取らせていただいたと勝ち誇らんばかりでもあった。癪《しゃく》だ。が、もう言葉は取り消せない。取り消したところで、なんの解決にもならない。

桃色の廷臣は続けた。

「ああ、第一身分と第二身分の皆様なら、すでに議場に入られておりますよ、別室の」

「別室の?!」

「ええ、ムニュ・プレジール公会堂内に設けられた別な議場です」

どよめきが広がった。

「またか」

早々に吐き捨てた者がいた。死角だったが、ぶっきらぼうな口調から、多分ル・シャプリエあたりだろう。ロベスピエールにしても同感で、まさしく、またかの一語に尽きる。

全国三部会は、あからさまな区別だらけだ。ありとあらゆるところに差別が刻印されている。かてて加えて連中ときたら、それが決まり事であるかのように澄まし顔して物事を運びながら、なし崩し的に差別を拡げることさえ躊躇《ちゅうちょ》しない。

——しかも上辺の形の問題に留《とど》まらない。

その日もロベスピエールは、ポッシュに『全国三部会新聞』を忍ばせていた。その筆者が警告した通りだ。単に屈辱的なだけではない。もはや政治的帰結を考えないでは済まされない。

——このままでは発言権を得られない。

一六一四年方式か、ドーフィネ方式か。分離審議か、合同審議か。部会投票か、頭数投票か。もとより議論はされていないし、正式な決定が通達されたわけでもない。が、現下の状況に、すでに答えはみえていた。議員資格審査が別々ならば、そのまま審議も別々、投票も別々と、そうならないわけがなかった。

議員資格審査というが、そもそも提出されるべき書類には、選挙人に託されてきた陳情書も含まれていた。なかにはドーフィネ方式の採用要求を明文化しているものもある。それを開いてみることさえしないうちに、連中は一六一四年方式で進めようというのだ。そのこと自体に第三身分の願いなど無視して捨てる腹づもりが、みえみえだというのだ。

「おまえらごときが口を出せる場所ではない」

第三身分は国民総意を騙《かた》るための飾りにすぎないと、そういわんばかりだった。ロベスピエールは、ぎりと奥歯を噛《か》みしめた。こちらにしても、ルソーが唱えるような国民主権を、そのまま行使できると考えてきたわけではなかった。にしても、ただ発言する権利さえ与えられないとは……。

——これが現実なのか。

第三身分の力を結集させたところで、なにを、どうすることもできないのか。ロベスピエールは悔しさのあまり、ぼわっと頭のなかに火でも起きたかのように感じた。恐らくは血が逆流したのだろう。目尻のあたりが危うい感じで引き攣《つ》ってもいただろう。かろうじて自制を保てたとするならば、ポッシュの『全国三部会新聞』を強く握り締めたおかげといえた。ああ、今さら熱くなる話ではない。ああ、すでに問いは発せられている。

「高圧的な権力というものは、不条理で馬鹿げた命令が、神聖にして賢き法と同じように忠実に実行される様を眺めるときこそ、大いに笑うものなのである。自由のために生まれた人間は、かくも不名誉な辱《はずかし》めに迎合できるものなのか」

第三身分代表議員の動揺など黙殺しながら、桃色の廷臣は続けた。すでにして面倒くさげな様子だった。ええ、とにかく、です。昼休みの前までに議員資格審査を済ませたいと思います。

「管区ごとに名前を呼びますので、呼ばれた議員は必要書類を提示して……」

「応じないぞ」

ロベスピエールは叩《たた》き返した。こちらの憤激に、意外といわんばかりの惚《とぼ》け顔を向けながら、廷臣は確かめてきた。

「ということは、議員資格を放棄なされるおつもりか」

「そうじゃない。我々は身分による議員の区別を受け容《い》れないのだ。それが単なる資格審査であろうと同じだ。三身分の合同でなければ、我々は断固として応じないのだ」

「そうです。そうです。ロベスピエール氏、よくいってくれました」

バルナーヴが続いてくれると、議場は火がついたようになった。皆が溜《た》めこんでいた鬱憤《うっぷん》を、今こそと爆発させたのだ。

ル・シャプリエが声を上げた。ああ、まずは一堂に会することだ。議員資格審査は、はじめの一歩なのだ。ラボー・サン・テティエンヌも遅れない。ああ、このまま一六一四年方式に持ちこまれて堪《たま》るものか。どんな口実も利用して、聖職代表と貴族代表を籠《こも》りきりの小部屋から、このムニュ・プレジール公会堂に引《ひ》き摺《ず》り出すのだ。

17――空転

全国三部会は期待していたものとは違う。もはや明らかに違う。その五月十八日も、ロベスピエールは溜《た》め息ながらで議場に進んだ。

場所は変わらず、ムニュ・プレジール公会堂である。変わらないといえば、依然として空席も目立つ。こちらの理屈としては、特権二身分のためにとってあるものだが、それを空いたままにしておくことで、あちらの聖職代表と貴族代表は、平民のごときが増長するなと突き放しているようだった。そうした空席を一瞥《いちべつ》するごと、ロベスピエールは無力感に捕われてしまうのだ。

全国三部会は五月六日から空転していた。第三身分代表が合同の議員資格審査を求めると、その意図を過《あやま》たずに察知して、第一身分、第二身分ともに拒絶してきた。資格審査は合同でなく、あくまで部会別で行われるのが全国三部会の伝統であると、それが拒絶の返答だった。

こちらの第三身分も譲るわけにはいかない。双方の主張は平行線を辿《たど》ることになり、かくて全国三部会は空転、そろそろ二週間になろうとしていた。

――皆で挙げて、フランスを改善する……。

夢みたような興奮は、現実の三部会にはみつからなかった。ときにロベスピエールは、あきらめに傾くことさえあった。かわりに目にみせられたのは、これまで権力を手にしてきた者たちの、それを向後も決して手放すまいとする、凄《すさ》まじいまでの執念だけだったからだ。

伝え聞くところでは、第一身分、第二身分、ともに財政の平等性を認める意思を、国王側に打診したようだった。つまりは聖職者、貴族ともに従来の免税特権を放棄して、政府が課するところの税金を支払う。

――特権の侵害は許さないと、あれだけ大騒ぎしていたものが……。

拍子抜けする以前に、ロベスピエールは再びの屈辱感に打ち震えた。免税特権を放棄すれば、特権二身分は敗北したことになる。が、屈伏させられる不快感も、相手が国王ならば堪えられるということだ。それでも平民どもと席を左右に並べるよりは、何倍もマシだという理屈なのだ。

――そこまで低くみられていたのか、私たちは……。

こちらの第三身分はといえば、聖職者の位に敬意を払わないわけでなく、貴族の位を尊重しないわけでなく、ただ等しくフランス人民に選ばれた議員としては対等に扱ってほしいと、その裏づけとして相応の発言権が欲しいと、そう控え目に訴えただけなのだ。それさえ不遜《ふそん》と感じられてしまうくらい、私たちは平民として低く……。

ロベスピエールは自分を、ひとかどの人間であると考えていた。法律はじめ勉学はよく修めたし、あるべき社会の理想も胸に抱《いだ》いている。そうした自負を、いや、フランスを良くしたい、万民が幸せになれる国にしたいと念じた真面目《まじめ》な熱意までを、高慢ひとつの連中に踏みにじられた気分がした。

——許さない。

必ず打ち負かしてやる。そう自らを鼓舞して、ロベスピエールは燃えてもきた。たぎるのはフランス改善の熱意というより、もはや聖職代表と貴族代表に向けた戦意ばかりだったかもしれないが、いずれにせよ常に前のめりだった。それが無力感に襲われて、しばしば溜め息に後退してしまうのだ。

期待外れは特権二身分だけではなかった。

「やあ、マクシミリヤン」

親しげに声をかけてきたのは、第三身分代表の同僚議員だった。君は今日なにしているの。いや、なに、皆で庭園を散策しようという話になってね。どうだい、君も一緒に。

「というのも、ヴェルサイユの白眉《はくび》は壮麗なばかりの庭園のほうだというじゃないか。

宮殿を見学しただけじゃあ、ヴェルサイユを訪ねたことにはならない。庭園を見物しないでは、故郷に土産話《みやげばなし》を持ち帰るも持ち帰らないもない。そんな風に忠告をくれた向きがあってね。だから、マクシミリヤン、どうだい、君も」

誘われて、ロベスピエールは憮然《ぶぜん》たる表情を突きつけた。答えるのも癪《しゃく》だったが、ただ顎《あご》だけは小さく左右に振ってやった。

「あれ、気を悪くしたかい。ああ、そうか。これは失敬なことをいった。君はパリに暮らしたことがあったんだね。その時分にヴェルサイユなんか、何度も遊びに来ているというわけだ。そう、そう、ルイ・ル・グラン学院きっての秀才を、私たちのような単なる田舎者《いなかもの》と同じに考えちゃいけないね」

おどけ加減に肩を竦《すく》めたのを最後に、同僚議員はいなくなった。その背中を見送りながら、ロベスピエールは思う。私がルイ・ル・グラン学院きっての秀才であろうとなかろうと、そんなことは関係ない。君にしたって、単なる田舎者じゃない。いや、単なる田舎者であってはならない。

――衆に選ばれた議員ではないか。

人民の期待に背中を押されて、このヴェルサイユにやってきたのではないか。そう叫びたいところを、ロベスピエールは堪《こら》えた。責めたところで、仕方ないからだ。あの男だけが特別たるんでいるわけではないからだ。

蓋《ふた》を開けてみれば、第三身分代表議員の面々とて、必ずしも熱意あるわけではなかった。少なくとも皆が自分と同じではないと、そうした現実にもロベスピエールは直面することになっていた。

その場の空気が盛り上がれば、興奮するまま攻撃的な言説さえ様になる。が、それを貫き通すだけの気力に劣り、あっという間に冷めてしまう。なるほど、なるほど、多くが地方の名望家である。議員に当選して、常日頃からの自負を満たされた時点で、すでに満願成就なのである。あとのヴェルサイユは役得の物見遊山にすぎない。

そうまで無邪気でないとしても、聖職代表、貴族代表を向こうに回して、これらと戦えるだけの気概ある議員となると、決して多いものではなかった。

全国三部会が空転する事態を受けて、現に空気は変わり始めていた。このままでは参考意見としても発言できなくなると、特権二身分との妥協を唱える雰囲気のほうが、むしろ支配的になってきたのだ。

そんな第三身分代表にも、もちろん心熱き有志はいる。ラボー・サン・テティエンヌに、ル・シャプリエと、その同郷ブルターニュの同僚ランジュイネ、バルナーヴと、こちらはドーフィネの同志ムーニエというような面々である。

——ところが、その熱意も熱意で、また困りものなのだ。

今日までの経過を確かめるなら、すでに第一身分、第二身分のほうは、それぞれ議員資格審査を済ませていた。さりとて、このままでは三部会が成立しない。第三身分が審議に応じないでは、三部会としての議決が出せないからだ。

五月七日、いち早く動いたのが聖職代表だった。それぞれの身分で全権理事を選出し、かかる面々が合同の会合を設けることで、三身分の融和を話し合ってはどうかと、それが提案の骨子だった。

五月十二日、貴族代表は提案を受け容《い》れる議決をなし、すぐさま全権理事の選出にかかった。平民代表にも、同様の議決と同様の理事選出が求められたが、その対応を巡る議論が、たちまち紛糾してしまったのだ。

五月十四日、ラボー・サン・テティエンヌは提案の受諾を呼びかけた。これにル・シャプリエが嚙《か》みついた。

「会合など無駄だ。すでに第三身分は一切の譲歩をしないと決めたからだ。でなくとも、危険だろう。理事を選出すれば、そのこと自体が既成事実になるからだ。すでに部会が成立していると、つまりは身分別の活動を始めていると、あちらの都合で勝手に解釈されかねないのだ。それでは現下の合同による議員資格審査の要求が、たちまち意味をなさなくなる」

痛烈きわまりない批判だったが、だからと、こちらのラボー・サン・テティエンヌも、大人しく引き下がる玉ではなかった。

「大事はドーフィネ方式の採用、つまりは合同審議と頭数投票の実現だろう。ならば、些事《さじ》にこだわる必要はない。全権理事の選出くらい、いや、議員資格審査の件にしても、大事を遂げられるのならば、譲歩できない話ではない」

「いや、だから、ひとつ譲歩してしまえば、なし崩し的にやられてしまうのだ。だからこそ、我々は議員資格審査にこだわってきたのではないか」

「というが、このままでは埒《らち》が明かない。会合の場でドーフィネ方式の採用を働きかけることができれば、仮に譲歩を余儀なくされたとしても、議員資格審査にこだわった甲斐《かい》はあったというものだろう」

「馬鹿な。第一身分、第二身分が、高が話し合いなどで、一六一四年方式をあきらめると思うのか。つまるところ、和解などありえないのだ。あるのは勝利か敗北か、ふたつにひとつの形勢なのだ」

熱意あるほどに、僅《わず》かも持論を譲らない。そうやって十五日、十六日と議論ばかりが続いていた。ラボー・サン・テティエンヌ、ル・シャプリエ双方が、それぞれに支持者を得れば得るほど議論は紛糾してしまい、もはや第三身分としての結論など出しようがない状況なのだ。

18——処女演説

繰り返すが、一部の有志の話である。なんらか方向が打ち出されれば、賛成か反対か、残りの議員も意思表明を強《し》いられざるをえないわけだが、議論は平行線を辿《たど》るままだった。それをよいことに大半が日和見《ひよりみ》を決めこんだ。無為を貪《むさぼ》り、あるいは気ままに時間を潰《つぶ》すようになった。

十七日は日曜日であり、新しい週が明けた月曜日が今日十八日だった。公然たる休日を挟んだだけに、折りからの休暇気分が抜けず、ムニュ・プレジール公会堂の雰囲気は輪をかけて弛《たる》んでいた。無論のこと、先週できた悪しき慣行も改《あらた》まりそうにない。

第一身分、第二身分が合流次第に全体で議員資格審査を始めると、そう建前あるゆえは、なお全員に朝九時での出席が求められていた。が、夕四時の解散まで、議場を出るも入るも自由なのだ。

議場にいても、繰り返しているのは気ままな雑談ばかりだった。ときおり有志が壇上に登るが、その演説を聞くも聞かないも自由である。入場が制限されるわけではないので、パリはじめ近郷近在からの見学者も多く議場をうろついていたが、してみると、こうした雀《すずめ》の輩《やから》のほうが熱心に聞きいるくらいなのである。

――こんな調子の三部会で、私はなにができるのか。

そうした自問を、ロベスピエールは徒《いたずら》な嘆きにしたくなかった。やっぱり、あきらめることはできない。このままでは終われない。ああ、なにもしないで、なにもできないとはいうものか。

――やれるだけ、やってみよう。

今日こそは、やってみよう。ロベスピエールは覚悟を決めた。鬘《かつら》を確かめ、襟を直すと、あとは振りかえることもなく、ずんずん演台に進んでいった。

演台は玉座の正面と、三方の議席に囲まれる格好で、議場の中央にあった。どちらを向けばよいのか、本当なら困惑するところだが、今いるのは第三身分の議員だけだった。ロベスピエールは迷わず、向かうべきほうを向いた。

「議員諸氏は、どうか耳を貸してほしい」

第一声を上げるまではよかった。が、そうして演台から議席を見渡していると、くらと足元が揺れた気がした。無視されたわけではない。なお雑談ながらの模様だったが、野次馬を含めたムニュ・プレジール公会堂の全員が、いっせいに自分に目を注いだのだ。

――全国三部会での、これが私の処女演説だ。

上がるな、とロベスピエールは自分に言い聞かせた。というのも、おまえは弁護士ではないか。人前で弁舌を振るうことには、馴《な》れているはずではないか。が、それをいうなら議員の大半は、出自が法律家だった。

――でなくとも、皆が選ばれてやってきた議員だ。

王国各地のエリートなのだ。そうした連中の注意を喚起してみたところで、鼻で笑われるだけではないか。この田舎の秀才が恥をかくばかりではないのか。そう不安の言葉を胸に続けているうちに、ぐらぐら身体《からだ》が揺れ始めた。ああ、そうではない、目が回っているのだと思いついた頃には、耳まで聞こえなくなっていた。ときならぬ静けさに襲われて、いよいよ狼狽《ろうばい》を激しくするも、ロベスピエールは自分を失う寸前で、無理にも取り戻そうとした。ああ、今さら、なんだ。もう賽《さい》は投げられたのだ。後には引き返せないのだ。

土台の体軀《たいく》が小柄なので、声量があるほうではなかった。それでもやるしかないのだと自分を鼓舞しなおして、ロベスピエールは始めた。ええ、周知のように、全国三部会は今や空転しております。我々第三身分代表は共同での議員資格審査を求め、それを第一身分代表、第二身分代表が拒否するという図式において、かれこれ二週間も議事を停滞させております。もちろん手を拱《こまね》いていたわけではない。全権理事による話し合いの是非について、我々なりに議論を重ねてきました。が、それも容易に結論が出ません。

「そこで私に提案があります」

そこまで一気に吐き出して、ロベスピエールは一拍おいた。がやがや議場は騒がしく、なお真剣に聞き入る風ではなかった。が、そのことは、わかった。耳が再び聞こえるようになったということだ。

いくらか落ち着くことができて、なおロベスピエールは自戒に努めた。これからが本番だ。自分の提案を伝えなければならないのだ。説得力をもって伝えて、それを容《い》れてもらわなければならないのだ。

「端的に申し上げましょう。我々は我々との合流を特権二身分に同時に働きかけるのでなく、まずは聖職代表のみに働きかけてはいかがでしょうか。なんとなれば、聖職者というものは、元来が一枚岩ではないからです」

そういえば、即座に理解してもらえるはずだった。議員たちは差はあれ世事に通じているからだ。でなくとも、大半が五月四日の議員行進に参加して、第一身分代表の有様を目撃したはずなのだ。

司教冠に嵌《は》められた宝石は幾通りもの色に煌《きらめ》き、祭服にあしらわれた金襴《きんらん》は傲慢《ごうまん》な光を湛《たた》え、その行進は第三身分に屈辱感を強いるほど、確かに華やかなものだった。が、どうみても三百人の定数を数えないうち、聖職者の列は途切れて、王室付の楽隊が現れた。それを間に挟みながら、あとに続いて進んだのが、今度は粗衣の僧服だった。

　魂の救済は人を区別するものではない。貴族というような世俗の価値は、もとより聖職者に求められる必須《ひっす》の条件ではありえない。が、建前は建前として、現実には聖界でも、身分の上下が大きな幅を利かせていた。フランス人の信仰を管轄している敬うべき指導者であるとして、第一身分というひとつの枠を設けられてはいるものの、聖職者の内訳は実のところ、貴族出身者と平民出身者に二分されるものなのだ。

　貴族の家に生まれた者は、一族の人脈にものをいわせて、最初から高位聖職者になる。大司教、司教、大修道院長、修道院長、管区長というような役付のことだが、それは同時に利権を意味した。教会十分の一税を懐に入れられるからであり、付属荘園の年貢を徴収できるからである。

　それでいて、仕事はしない。ほとんど全ての司教は教区に常駐せず、かわりにパリだの、ヴェルサイユだのに住まいを求めて、宮廷貴族と変わらない生活を送っていた。ミサも挙げなければ、洗礼を授け、臨終を看取《みと》ることもしない。

　聖職者の本来的な仕事を担うのは、司祭、助祭というような、いわゆる下級聖職者だった。信徒の救済に奔走する人々は、その割に薄給である。暮らしぶりは小ブルジョワにも届かず、不当なくらいの貧しさを強いられている。これが平民の家に生まれて、なお聖職を志した者の運命なのである。

当然ながら、司祭や助祭は不満を募らせている。貴族の横暴と高慢に、憤激を禁じえない平民と同じである。第二身分と第三身分の闘争を、その成り立ちからして第一身分は、内に孕《はら》まざるをえないのである。

——それは場所を全国三部会に移しても同じだ。

聖職代表議員は百人ほどの高位聖職者と、二百人ほどの下級聖職者に分けることができた。

「ええ、そうなのです。下級聖職者なら我々第三身分の主張に共感してくれるはずです。これを突破口とした聖職代表議員の切り崩しを措《お》いて他には、現下の膠着《こうちやく》状態を打開する妙手などないだろうと、そう私は考えているのであります」

ロベスピエールは思うところを述べきった。最初は裏返るばかりだった声も、途中からは細かく震えるだけになった。いよいよ結びに近づくにつれては、声量がないなりに鋭く切りこんでいくようにも響いた。

ああ、うまくいった。まずは大満足だったが、そうして頬《ほお》を弛《ゆる》ませかけたところで気づいた。まだ終わりではない。なにより大切なのは、自説が容れられるかどうかだ。

公会堂の議員たちはといえば、演説を始めたときより、はるかに真剣な表情になっていた。いわんとしたところは、確かに届いている。あとは、どういう反応が返るかだ。

「駄目だろう、それは」

どこからか声が上がった。発言者は誰だと、議場に目を凝らしている間にも、次なる声が飛び出してきた。

「それこそ司教たちが黙っておるまい」

「ああ、たとえ下級聖職者たちがその気になっても、造反の動きを起こすや、すぐさま高位聖職者たちに握り潰されるに決まっている」

「下手《へた》な工作に及べば、逆に依怙地《いこじ》になられかねない。かえって反感を買うようでは、元も子もない」

言葉を浴びせられている間も、ロベスピエールは目を右往左往させるばかりだった。発言者は何処《どこ》だと必死に求めても、議場は黒衣ばかりであり、誰が誰やら見分けがつかなかったのだ。

無駄だと観念したときには、もう絶望の言葉しか湧《わ》いてこなかった。誰も賛成してくれない。ならばと、誰かが対案を出すわけでもない。

——無駄だった。

私のごときが奮闘しても、やはり無駄な足掻《あが》きにすぎなかった。三部会は変えられない。フランスを良くすることもできない。全てを膠着させたまま、ぶつぶつ文句をいうだけで、それを本気で憂う人間などいないのだ。

「百歩ゆずって、仮に成功がみこめるとしよう。が、そのとき全権理事を出しての会合は、どうなるのだ。第二身分に対しては措くとして、第一身分に対しては二枚舌を弄《ろう》することになるのだぞ。それでは相手も納得するまい。それが困難な道だとしても、やはり、とことんまで話し合うべきではないか」

「話し合いの是非は別として、いずれにしても、ロベスピエール、それは我々の本意とするところではあるまい。これは単なる多数派工作でもなければ、見苦しい権力闘争でもないのだ。そこは牧師先生のいう通りで、我々が掲げた理想に第一身分、第二身分、ともに心から賛同するのでないならば、もとより始まらない話なのだ」

今度は顔がみえた。ラボー・サン・テティエンヌとル・シャプリエだった。数少ない同志として、数日来ともに議論を重ねてきた仲間だ。が、気骨ある議員にして、これなのだ。

――なにが理想だ。

ロベスピエールは、ぎりと奥歯を強く嚙《か》んだ。理想に意味がないとはいわない。可能なかぎり、忠実でありたいとも思う。が、それで現実を動かせれば世話はないのだ。理想論を大人しく拝聴してくれるような相手なら、端《はな》から手を焼いていないのだ。どう説いても容れられないから、工作の手も弄しようというのではないか。そのことは同志として理解してくれているはずなのに、にべもなく退ける言種《いいぐさ》ときたら、まるで私が理想も持てない、薄汚い政治屋のようではないか。

「いや、あながち悪い考えとはいえまい」

新たな発言が飛び出していた。言葉を交わしたこともない相手だったが、今度は一目で見分けられた。雲突くような大男だったからだ。また厚みも尋常でなく、まるで肉の塊《かたまり》だったからだ。止《と》めに白い巻毛の髪が、大きく頭上に渦を巻いていたからだ。

――この獅子《しし》のような男は……。

議場の空気が一変していた。やっつけたばかりの意見に賛同を示されたというのに、ラボー・サン・テティエンヌも、ル・シャプリエも、いや、どんな議員も反論などできなかった。

なるほど、誰とも間違えられず、また誰ひとりとして知らぬ者もいなかった。その男こそ『全国三部会新聞』の主筆にして、エクス・アン・プロヴァンス選出議員、オノレ・ガブリエル・リケティこと、噂《うわさ》のミラボー伯爵だった。

19――貴族の館

「ここか」

紙片に書かれた住所は、そこで間違いなかった。が、なおもロベスピエールは手元を確かめ、また建物を見上げと、同じ動作を何度か繰り返さなければならなかった。

小一時間も歩いたろうか。はじめは宮殿庭園の外郭をなぞるようにして進み、途中からサン・タントワーヌ大通りに合流して、もうトリアノン宮もすぎるというところで左に折れる。その屋敷が鎮座するのは、ヴェルサイユ市街から北西に抜けた一角だった。

門を入ると、周囲に植樹が整えられた玉砂利の車寄せがあった。やや臆《おく》しながら歩を進めると、筋彫の石柱で飾られた玄関と、見上げるような大扉が迎えてくれた。

サント・エリザベート通りのルナール館とは大違いだな。自分の安宿を比べて苦笑しながら、ロベスピエールは訪《おとな》いを入れた。

それは白亜の豪邸だった。ヴェルサイユでは宮殿に準じた赤煉瓦《あかれんが》の建物が多かったが、誰の好みか、そこだけは毅然《きぜん》として他に迎合することがなかった。ロベスピエールは一種の清々《すがすが》しさまで覚えたが、さりとて簡素というわけではなかった。

取り次ぎを待つ間も嘆息を禁じえない。いたるところ床は大理石が敷き詰められ、曲線を描きながら上階まで迫《せ》り上がる階段は、その手すりからして光沢も重厚な胡桃材《くるみざい》だった。下階も奥のほうを覗《のぞ》けば、あえて拵《こしら》えた田舎風《いなかふう》の庭園に臨んでいるのが、高価な硝子《ガラス》張《ば》りのギャルリだった。あちらこちらに置かれている一寸《ちょっと》した調度にせよ、飾りという飾りが金色に煌《きらめ》いて、みるからに贅沢品《ぜいたくひん》なのである。

——貴族趣味というのか。

ブルジョワの好みとは、はっきり一線を画していた。単なる金持ちならば、ひけらかすことが一番になる。贅沢品は確かに目を惹《ひ》くのだが、かたわらで穴も目につく。行き届かずに安い仕立てのままに残された部分が、必ずみつかるものなのだ。

本当の貴族の館《やかた》は、そういった隙《すき》がない。無造作に、みせるという意識もなくして、それとなく格の違いを物語っているようだ。

もちろんフランス全土が困窮している時局であり、どんな贅沢も今は不謹慎と責められなければならない。そうは思いながら、ロベスピエールは不思議と不快感を覚えなかった。ああ、貴族趣味は仕方がない。身分を逸脱したとはいえ、やはり貴族の出であられるのだから。

「伯爵が、お会いになられるそうです」

告げてきたのは、執事なのか、建物の管理人なのか、いずれにせよ最初に迎えた男だった。案内されながら、ロベスピエールは階段のほうに進んだ。伯爵が面会に応じてくれた。事前の約束もなかったというのに、快く私を迎え入れてくれた。そんなことを思いながら階段を踏みしめれば、どこか誇らしいような気分もないではなかった。

——なんとなれば、あのミラボー議員と会えるのだ。

ロベスピエールからみた印象をいえば、とにかく目立つ男だった。

まずは容姿が容姿であり、人の目を惹きつけないではおかなかった。端《はな》からこれはかなわないと思わせる巨体は、太古の歴史の大移動で支配者の座についたゲルマン民族の末裔《まつえい》だからということなのか。あるいは代々の領主階級として先祖という先祖が食べ物に恵まれていたせいか。

いずれにせよ、それまた貴族的な威風のひとつに数えられるものだった。加えるに獰《どう》猛《もう》な獣でさえ尻尾《しっぽ》を巻いて逃げ出してしまいそうな、あの野趣あふれる相貌《そうぼう》なのだ。

——まさに獅子《しし》だ。

まさに百獣の王だ。それを醜い怪物と陰口する向きもあったが、自らは風采《ふうさい》の上がらない小男だけに、ロベスピエールは迫力満点の存在感に羨望《せんぼう》の念すら覚えていた。

五月四日の議員行進のときから、あとに印象を残したのはミラボーひとりだった。

ロベスピエールが思うに、自分を含めて他の第三身分代表は、いったん黒の法服を揃《そろ》えたが最後で、たちまち没個性の大勢に落ちざるをえない。バルナーヴ、ムーニエ、ラボー・サン・テティエンヌ、ル・シャプリエというような威勢のよい面々でさえ、対面した第一印象をいえば普通でしかなかったのだ。

――まあ、一見して普通でないほうが、異常といえば異常なんだが……。

ただ歩くだけで、容易に抜きん出られるわけがない。没個性というならば、特権二身分に目を転じてみたところで、居丈高な祭服をまとう聖職者たちも、孔雀《くじやく》のように着飾る貴族たちも、派手やかな印象を残したのは、あくまで集団としてなのだ。ひとりひとりとしては第三身分に変わることなく、やはり没個性の誹《そし》りを免れなかったのだ。

ミラボーは迫力の容貌で、そうした全ての凡人を嘲笑《あざわら》うかのようだった。

こちらが興味を抱《いだ》いて聞けば、破天荒きわまりなく、破廉恥でさえある瞠目《どうもく》の前歴あり、あげくが貴族にして第三身分の議員であるという仰天の事実ありと、なにも始まらないうちから出色の人物だった。単なる見てくれや、相場が眉唾《まゆつば》の武勇伝だけという手合いでもない。

――それどころか、やることなすこと、全てが派手だ。

気まぐれで手にとるや、たちまちに惹きこまれ、ロベスピエールが覚醒《かくせい》するきっかけとなったのが、『全国三部会新聞』である。その主筆が誰あろう、ミラボー伯爵だった。

——あてられたのは、私だけではない。

いったん読者の首ねっこをつかまえるや、ぐいぐいと引きずり回して放さないくらいに力みなぎる文章は、やはり人々に影響を与えるところ大だったらしい。それが証拠に国王政府は神経を尖《とが》らせ、もう五月六日には報道制限を発表した。向後一切の新聞は全国三部会の講評を載せるべからずというものだったが、誰がみても『全国三部会新聞』を狙《ねら》い撃ちにした、事実上の発禁処分に他ならなかった。

——が、だからミラボーは影響力が大きいといっているのだ。

五月七日に『全国三部会新聞』の差し押さえが強行されると、早速パリの論壇を中心にして、報道制限に反対する運動が立ち上がった。これに政府が及び腰になる機を捕えて、新たに刊行されたのが『後援諸氏に宛《あ》てるミラボー伯爵の手紙』である。『全国三部会新聞』と同様に大量に印刷配布しておきながら、議員として自らの後援者に活動を報告する分には文句なかろうというのが理屈だ。

ほとんど居直りに近い態度といえるが、それを庶民大衆が拍手喝采するほどに、国王政府としても再度の発禁処分は控えざるをえなくなった。それどころか、ミラボーに続けとばかりに同種の新聞が相次いで発刊され、かえって痛い目をみる結果となった。

報道制限から、検閲から、かねて問題視されてきた措置であり、閣僚とて世の反発は予想できたはずだった。いわば禁じ手に訴えたのは、ミラボーの発言力だけは危険にすぎる、随意に世論を操作されては堪《たま》らないと、一通りでない警戒感があったからに違いなかった。

なるほど、ただの不良貴族ではない。市井《しせい》の売文家でもない。正当な手続きで選出された、全国三部会の歴《れっき》とした議員なのである。

——そのミラボーは議場でも声が大きい。

なにかの比喩《ひゆ》でなく、まずは物理的な声量が図抜けていた。雷鳴さながらに轟《とどろ》く声に参集を呼びかけられれば、ばらばらの議員たちが、まるで魔法でもかけられたかのように、ぞろぞろ歩みを寄せてくる。放蕩《ほうとう》貴族だの、胡散臭《うさんくさ》い山師だのと、普段はミラボーの陰口を際限なくしている連中まで、やはり号令には逆らえず、渋々ながらも集合してしまうのである。

——おかげで、どれだけ助けられたか。

無気力な議員たちについて、かねてロベスピエールは腹を立ててきた。繰り返すが、意欲的な議員は一握りにすぎないのだ。その熱意をもってしても、連中の物見遊山気分は変えることができなかったのだ。

本当なら第三身分代表議員の団結など、とうに崩壊していたはずだった。それを形なりともまとめあげ、かろうじて議会として成立させられたというのは、実はミラボーの一声あっての話だったのだ。

ミラボー伯爵こそ現下の全国三部会の中心だった。実質的な指導者として、これまで第三身分代表が示した動きの、ほとんど全てに関与しているといってよかった。

五月六日、合同での議員資格審査を要求しようとなったときも、無気力な連中の尻を叩《たた》いて、賛同に駆り立てたのはミラボーだった。

同時に第三身分代表は断じて発言権を放棄しない旨、なんらかの方法で今から表明しておこうと話が進んだ。それならば名前を変えよう、三部会の身分別を認めるようなス「平民部会」は論外として、「貴族院」の対として立派に立法機能を果たしているイギリスのそれを真似《まね》ながら、のそれを真似《まね》ながら、「庶民院《シャンブル・ドゥ・コミューン》」と改めようと、数多《あまた》外国の事情を知る通として提案したのもミラボーである。

いよいよ全国三部会が空転すると、ルイ十六世のもとに議員代表を派遣して、国王の名で議員資格審査の合同実施を命じてもらおうではないかと、そう発議を行ったのもミラボーだった。

――やはり別格だ。

あるいは破格というべきなのかもしれないが、かかるミラボー伯爵には好感を覚えるにせよ、反感を抱くにせよ、誰もが注目せずにはいられなかったのだ。

わけても、ロベスピエールだった。やはり注目はしていたものの、あまりな存在感に臆してしまったこともあり、はじめは距離を置いていた。転機となったのが、五月十八日の処女演説だった。三部会空転の事態を打開したいと、あらんかぎりの勇気を振りしぼりながら発議した提案に、あの大きな声でミラボーが支持を表明してくれたのだ。

「あながち悪い考えとはいえまい」

そう認められて以来、親しく言葉をかわすようにもなった。最近のロベスピエールは、ミラボーに傾倒する感情さえ自覚しないではいられなくなっていた。

20――引け目

「こちらでございます」

案内の男は手ぶりを残して、道を開けた。眼前の聳《そび》えるような大扉に気圧《けお》されて、しばし呆然《ぼうぜん》と見上げていると、なかから入室を許す声が届いた。いいぞ、ロベスピエール君。さあ、遠慮せずに入りたまえ。

「あっ、あ、はい」

答えると同時に、ロベスピエールは慌て加減で扉を押した。景色が開けてみると、最初に目に飛びこんだのは、驚くばかりに白くて大きな尻だった。

きゃっと、短い悲鳴が聞こえた。女の声だ。不躾《ぶしつけ》な入室者を確かめようとしたか、くると回ると、またぞろ柔らかそうな肉が波を立てながら揺れた。

隠そうと交差する両腕に押さえられて、なお豊満に膨らんでいる乳房から、ロベスピエールは大急ぎで目を外した。が、それはそれ、今度は下腹の三角が目に入り、どぎまぎしながら、もう背中を向けてしまうしかなかった。

「こ、これは失礼いたしました」

「なに、こちらで入室を許したのだ」

届けられた声は、確かにミラボーのものだった。ロベスピエールが恐る恐る向きなおると、ぺたぺた音を鳴らしながら、伯爵は女の尻を叩《たた》いているところだった。さあ、急いだ、急いだ。いつまでも尻を出しているなんて、おまえ、はしたないぞ。

続きの別室に送り出すと、のそりという感じで、ミラボーも寝台から降りた。

車寄せに面して、大きく窓が取られているので、その上階の一室も明るかった。午後の遅い時刻とはいえ、もう初夏の話であれば、まだ陽射しに色がつくでもない。外観に劣らず室内も白が強く、黄緑の壁紙なども白で塗られた梁や柱に合わせられた、ごくごく淡い色調だった。

――そのせいだろうか。

どきどき、どきどき、胸の鼓動が高いままだった。いや、女の裸ではない。ロベスピエールは少し驚いていた。土台が緊張していたせいもあるかもしれないが、そのために、いっそう自分を取り戻せなくなっていた。

――ミラボーは……。

やはり穏やかな光のなかだった。そういう場所にいるのだから当然なのだが、なんだかミラボーらしくなかった。とっさに抵抗感を覚えたのみならず、そのまま動揺してしまったならば、あるいは思いのほかに、しっくりと来ていたからか。

獅子の鬣《たてがみ》を思わせる例の巻毛の鬘《かつら》は、さすがに外されていた。地は褐色の短髪だったが、してみると、怪物という風でなく、醜男《ぶおとこ》という感じもなくなり、それどころか、なんだか綺麗な印象になったのだ。

――この男の素顔というのは……。

考えていたものとは別かもしれない。そう思いかけたところで、ロベスピエールは周知の現実に引き戻された気がした。かたわらでミラボーは依然としてミラボーだったからだ。

立ち上がった大男は、こちらも本当の裸だった。まさに肉の塊《かたまり》だ。だけでなく、ぶらりと揺れた男根は、まだ先のほうが濡《ぬ》れていた。てらてらするほど、同性さえたじろがせる凄味《すごみ》があった。あの肉感的な女でさえ、その相手としては貧相に思えるくらいの代物だった。ああ、ぷるぷると左右に揺れる、あの大きな尻であっても……。

「…………」

ロベスピエールは再び目を伏せた。とにかく恥ずかしかったのは、あるいは痩《や》せぎすな小男として、自らの肉体に引け目があったからかもしれない。いや、こちらは貴族の生まれでもないのだから、仕方がない。孤児の素性で食うや食わずの生活だったのだから、大きくなれるわけがない。内心に呟《つぶや》くほどに言い訳めいて、それが自分でも情けなく感じられて、しばらくは声も出せないほどだった。

悠々とローブを羽織る気配に重ねて、ミラボーが質《ただ》してきた。

「どうしたんだね、ロベスピエール君」

「いえ、別に……」

「はははは」

なにを察したものか、ミラボーは大きく笑った。ロベスピエールとしては相手の陽気に救われるどころか、ますます羞恥《しゅうち》の念に苛《さいな》まれるばかりだった。追い詰められたあげくに、とうとう反発したような勢いで、突きつけたのは次のような言葉だった。

「どうなってるんですか」

「なんだい、やぶからぼうに」

「ですから、例の働きかけのことです」

六月十一日になっていた。全国三部会が空転を始めて、もう一月《ひとつき》を超える計算になる。

五月十八日、合同での議員資格審査を実現するべく、第三身分代表議員は第一身分代表議員の申し出を受ける形で、各身分の全権理事が会合を設ける案を採択していた。ラボー・サン・テティエンヌの提案に軍配が上がった格好だが、ル・シャプリエの抗議を容《い》れて、会合の際には「これら理事は如何《いか》なる意味においても、頭数投票の原則と全国三部会の不可分性を否定するものではない」と明言されることも了承された。

かかる採択がなされるに先立ち、ロベスピエールが提案したのが、聖職者は一枚岩ではない、まず第一身分代表議員に重点的に働きかけ、下級聖職者を切り崩そうという運動だった。はじめは議場も難色を示したが、ミラボーが賛同を表明するや雰囲気が一変して、こちらもこちらで同時並行的に進めようという話になった。

ロベスピエールとしては、ひとまず溜飲《りゅういん》を下げる思いだった。ほどなく打開の糸口もみつかるだろうと、不用意なくらいの楽観も生まれた。

――それが捗々《はかばか》しくない。

どちらも捗々しくない。まず各身分選出の理事による会合だが、あらかじめ危惧《きぐ》されたように、それぞれの主張が平行線を辿《たど》るばかりで、一向に成果をもたらさなかった。かたわら、下級聖職者への働きかけとて、まだ一人の議員も引き抜けていない有様である。

――なるほど、捗々しいわけがない。

五月十九日には十六人の交渉理事が選出され、バルナーヴ、ル・シャプリエらと並んで、ミラボーも第三身分代表の代弁者になっていた。私に任せろ、水面下で第一身分に働きかけるからと、どんと分厚い胸板を叩いてみせた人物でもあれば、やはり全てはミラボーを中心に回っているともいえた。が、これが精彩を欠いていたのだ。

傾倒する身として認めたくない気分もあるのだが、事実として否定できないところ、ミラボーは以前より目立たなくなっていた。ロベスピエールの観察によれば、それも理由と思《おぼ》しき展開がないではない話だった。

周知のようにパリの選挙は遅れていた。選出された議員が全国三部会に出席したのは、ようやく五月二十五日になってからである。高名な天文学者バイイ、切れ者で知られる弁護士カミュ等々、さすがはフランス最大の都市で選出された議員だけに、なべて錚々《そうそう》たる面々だった。

これにアラスの田舎《いなか》弁護士にすぎない自分が萎縮《いしゅく》するというなら、わからないではないとロベスピエールは思う。

——が、それもミラボー伯爵ならば、依然として別格ではないか。

引け目を感じる理由はない。そうしたロベスピエールの思いに反して、明らかに様子が変わった。パリ選出議員が登場してから、ミラボーは連中に譲るような感じだった。

例えば、ミラボーは三部会の空転を幸いとして、庶民院の組織化も進めていた。率先して設けたのが庶民院の議長ポストであるが、その席にも、さあ、どうぞといわんばかりに勧めながら、パリで一番当選を果たしたバイイを座らせた。自らは控え目に副議長の座を占めたのみなのだ。

いいや、その話についていうなら、すでにミラボーは交渉理事を務める立場であり、その多忙ゆえに議長のような要職を兼務できないと名分も成り立つ。でなくとも、そもそもが単なる肩書の話にすぎない。なかんずくロベスピエールが納得できないというのは、ミラボーには議場の議論においても、必要以上に譲る素ぶりがあることなのだ。

「シェイエス師に遠慮しているのですか」

と、ロベスピエールは畳みかけた。エマヌエル・ジョゼフ・シェイエス、四十一歳。遅れたパリの選挙も、最後の二十番目に選ばれた第三身分代表議員は、これも確かに別格というべき人物だった。

21――シェイエス

素性をいえば、シェイエスはシャルトル司教座の事務局長、つまりは聖職者だった。

順当に第一身分代表選挙に立候補を試みたが、職場のシャルトル管区では当選は困難とみて、いったん出馬を取りやめたという経緯は、フランス中に知られたものである。

話は数ヶ月前に遡《さかのぼ》る。全国三部会の召集が布告されて、数多《あまた》の議員候補が各地で小冊子攻勢をかけていた頃に、である。『第三身分とは何か』と題されたシェイエスの小冊子も、そのひとつだった。が、最大のひとつであるといわなければならない。

「第三身分とは何か。全てである。

政界において今日まで何者であったか。無である。

何を欲するか。相応のものになることである」

人々の自負、人々の不満、人々の望みを端的に表現した名文は、瞬《また》く間にフランス中を駆け巡り、今や第三身分の合言葉にさえなっている。

かたわら、第一身分代表議員になれなかったのは、かかる政治信条が危険と解されたからである。が、第三身分代表選挙に出馬すれば、それも話が一変する。遅れたパリの選挙で見事に当選を果たし、まさに鳴り物入りでヴェルサイユに乗りこんだ異例の人物こそが、シェイエスなのである。

身分違いの議員としても、ミラボーに続く二人目の例外だった。が、そうした経緯に恐れ入る理由はない。少なくとも、別格も元祖のミラボーにはない。

なんとなれば、ミラボーは特権に恵まれた貴族身分からの転向者だった。人民の自然なる権利を奉じる信念が、いっそう固いものでなければ、第三身分の代表たりたいと自ら望めるわけがない。

かたやのシェイエスは聖職身分からの転向者だった。第一身分は一枚岩ではない。またシェイエスも平民出身であり、第三身分の擁護も驚くに値しない。

「そのシェイエス師が今や、やりたい放題ではないですか」

ロベスピエールは非道を訴えるようだった。昨日六月十日にシェイエスは処女演説を行ったが、知的で穏やかな相貌《そうぼう》に反して、言葉遣いから強気一辺倒だった。

「我々は行動しなければならない。錨綱《いかりづな》を切ろうではないか。時は来たのだ」

その具体的な要求も仮借なかった。もう一度だけ第一身分、第二身分に合流を呼びかけ、それに応じてこなければ、もう第三身分だけで議員資格審査を始め、また議事も進めようというのだ。

　シェイエスは口から火でも噴いているかのようだった。巻きこまれて、議場は熱狂してしまった。提案の通りにしようと、実際に最後の呼びかけも行われた。が、第一身分、第二身分に突きつけられたそれは、乱暴きわまりない最後通牒《さいごつうちょう》だったのだ。

　表で理事会合に代表を送り、裏で第一身分の切り崩しを図り、そうした従来の方策が、いずれも水泡に帰してしまう。シェイエスは遅れてやってきて、これまで積み重ねられてきた努力を、いきなり打《ぶ》ち壊しにしようというのである。

「シェイエス師は強硬すぎます。あれでは第一身分、第二身分の反感を、好んで買うようなものです。ミラボー伯爵、あなたともあろう方が、あそこまでの暴走を止めずに、どうして許しているんですか」

「止めたら、もうシェイエスには、やりようがなくなってしまう」

　それでは可哀相《かわいそう》じゃないかと、ミラボーは表情も変えずに返してきた。考えもしなかった答えであり、こちらが言葉も出ないでいると、諭すような調子で続けた。なあ、ロベスピエール君、あの坊さんとは君だって話したことくらいあるんだろう。だったら、わかるはずじゃないか。

「シェイエスは卓抜した理論家だ。第三身分が掲げるところの理想を、これ以上ないという言葉を選んで、巧みに表現することができる。『国民議会』の名乗りなど、その最たるものだろう」

非公式な発言ながら、それまたシェイエスの提案だった。第一身分、第二身分が合流してこないなら仕方がない。議員資格を放棄したとみなして、第三身分だけで議事を進める。それでは三部会の名に値しないというならば、こちらも身分の区別を自《おの》ずと仄《ほの》めかすような呼び方は本意でないのだ。

「そのときは『国民議会』を名乗ろう」

国民の実に九割以上が第三身分なのだから、仮に一人の貴族、一人の聖職者さえ加わらなかったとしても、それは三部会以上にフランスを正しく代表する議会になる。かかる理屈そのものは、ロベスピエールも理解できないではなかった。「貴族院」と対置させた「庶民院」というイギリス風な命名より、自らが温めてきた理想に近いとさえ考えている。それでも、なのである。

「言葉だけでは、世のなかは動かせません」

「そうかね。私としては、もう少し言葉に期待するところがあるんだが……」

「えっ、いや、ええ、僕だって言葉にしなければ始まらないとは思います。言葉を通じてしか行動できないとも考えています。しかしながら……」

言葉というが、それこそが上滑りしてしまい、ロベスピエールは自分でも一体なにをいいたいのか、わからなくなってきた。ああ、なにをいいたい。というより、シェイエスの一体なにが不満なのだ。ミラボーに一体なにを期待しているのだ。

　ふと思いついたところ、ミラボーと出会っていなければ、なんの不満も覚えなかったかもしれないなと。むしろシェイエスこそ指導者と、無条件の敬意で仰《あお》ぎみていたかもしれないなと。

「もちろん理想を掲げるだけでは足りんよ」

　ミラボーのほうが続けてくれた。ああ、シェイエスは他面では哀れなくらいの不器用者さ。平民だから司教になれなかったと普段から恨み節だが、あれだけ世渡りが下手《へた》では、仮に貴族の生まれであっても栄達できたかどうか。一方的な理屈を捲《まく》し立てる分には大したものだが、場の空気というものが読めない。当意即妙の受け答えはできないし、相手に応じた駆け引きなども手に余る。

「駆け引き、ですか」

　なんだか嫌な言葉だった。手段を選ばないという響きがあるからだ。卑劣な裏工作というような気配もある。もちろんロベスピエールとて承知するところ、美しい言葉だけでは、世のなかは動かせない。言葉そのものの好き嫌いを論じても仕方がない。

「だから、いいのさ」

「えっ、なんですか、伯爵」

「シェイエスは、あれでいいといったんだよ」

理屈が得意という輩《やから》には、はりきって唱えてもらえば、それでいいじゃないか。そう結ばれて、ロベスピエールは心に吐き出さないではおけなかった。それでミラボー伯爵、あなたはあなたで得意なことをする、つまりは駆け引きに専念するというわけですか。

皮肉にしかけたところで、ロベスピエールはハッとして思い出した。浮かび上がるのは、その六月十日の議場だった。

そういえば、ミラボーはシェイエスのそばにいた。演台に進む直前まで一緒にいて、その耳元にボソボソ囁《ささや》きかけていた。なんだか嫌らしい印象があり、ほとんど因果を含めるようにもみえた。

――ということは、ミラボーの差し金なのか。

シェイエスの強硬姿勢も、ミラボーに後押しされたものなのか。というより、表の強硬策そのものが、裏の駆け引きの一環として進められたものなのか。

ありえない話ではなかった。そうでなければ、いかにも線が細い感じの僧侶《そうりょ》が満場の注視を集めるわけがない。世辞にも通るとはいいがたい声で行われた発議が、手放しといえるほどの喝采《かっさい》を浴びるわけもない。

「議員諸君、ひとつシェイエス師の話を聞いてくれ」

演説が始まるに先立ち、そう議場に呼びかけたのは、バリトンの歌手よろしく、よく響き渡る声だった。号令をかけたのはミラボーだ。だからこそ、雑談が専《もっぱ》らという議員たちまで、これは聞かなければならないぞと、たちまち背筋を伸ばしたのだ。定見もない無気力な連中であればこそ、もう無条件の勢いで賛意の喝采も捧《ささ》げたのだ。

「けれど、どうしてです。シェイエス師に強硬策を唱えさせて、なにか得るところがあるとでもいうんですか」

「あるさ。あの坊さんが来てから、第三身分の結束が固くなっただろう」

「そうでしょうか。だとしても、特権二身分のほうは反感を募らせる一方です。シェイエス師は僧侶ですが、そのことで第一身分が靡《なび》くわけでもありません」

「それは、そうだ」

ミラボーは窓辺の卓に移動した。硝子瓶《キャラフ》が置かれていて、血のような色をした中身も透けてみえていた。葡萄酒《ぶどうしゅ》を傾けた先が銀細工の拵《こしら》えがある陶器の杯で、それが二つ並んでいた。

22——女と同じ

「飲むかね」

尋ねられて、ロベスピエールは首を振った。いいえ、酒は苦手なものですから。

「そうか。カトリーヌ、おまえは」

いただくわと返事しながら、さっきの女が隣室から現れた。もうローブに袖《そで》を通していたが、なお肉感的な肢体が薄衣《うすぎぬ》を通して、はっきりと窺《うかが》えた。

こちらに向けられた笑顔にしても、さっきの悲鳴が嘘《うそ》のように愛想よく繕われている。ロベスピエールは再び俯《うつむ》いた。もしや赤面しているかもしれないと思うほど、ますます顔を上げられなかった。

「なあ、ロベスピエール君、要は女と同じことだよ」

「えっ」

ハッとした勢いで顔を上げると、女は隣室に退いたあとだった。ミラボーだけが杯を片手に戻っていた。だから、第一身分を切り崩すという話さ。下級聖職者を引き抜くという話さ。

「確かに理屈だけ唱えても始まらん。僕は君のことを好きだ。君だって僕のことが好きなんだろう。それに僕には金がある。誠意もある。ないのは身分ばかりだが、平民の生まれは君だって同じじゃないか。だから、さあ、君も今すぐ裸になって、さっさと股《また》を開いたらどうだと……」

「伯爵ったら」

隣室の女が声だけで窘《たしな》めた。くすくす笑いの気配も同時に感じられ、本気で怒っているのではないことも知れた。

ミラボーは続けた。だから、カトリーヌ、そんな調子じゃあ、女には通用しないぞと、そういう話をしているのだ。つまりは、それなりの駆け引きが必要だといいたいのだ。

「いや、失敬した、ロベスピエール君。ええと、どこまで話した。ああ、だから、ただ熱心にいいよるだけでは駄目なのさ。ときには背中を向けて、これだけ心を尽くしてもつれない、おまえのような情の強《こわ》い女はいらないと、冷たく突き放してやることも、必要になってくるのさ」

「それがシェイエス師の役どころというわけですか」

「察しがいいな。ならば、いうまでもないことだが、それで終わりにしては、これまた元も子もない。折りをみながら、今度は優しく手をさしのべてやらなければならない」

「さしのべているんですか、伯爵は」

「いるさ」

「そのようにはみえません」

「はは、みえてしまっては、それこそ終わりだ」

「どうして終わりになるのです」

「さっきの女だが……」

亭主持ちだと、ミラボーは低めた声で教えてくれた。他人の女房を寝取りたいって話なら、よほど上手に立ち回らないとな。下級聖職者も同じだよ。あちらにも怖い顔の亭主がいるじゃないか。

「司教たちが黙っていないということですか」

と、ロベスピエールは確かめた。高位聖職者の妨害は当初から危惧《きぐ》された事態であり、実際に働きかけを始めてからも、大きな障壁として立ち現れていた。

例えば、グレゴワール師の一件である。師はアンベルメニルの主任司祭で、第一身分代表として全国三部会に出席していた議員だが、六月初旬に『同胞なる全国三部会議員諸氏に宛《あ》てた、ある司祭の手紙』を出版していた。同僚議員に議員資格審査への合流を呼びかける内容は、いうまでもなく第三身分代表の働きかけに応《こた》えたものである。

——やはり通じる。

虐《しいた》げられた下級聖職者は、やはり共感を抱《いだ》いてくれる。ロベスピエールはじめ、こちらの第三身分は手応えありとして喜んだ。が、賛意も公然と示されれば、手放しでは歓迎できないことも、すぐに思い知らされたのだ。

エクス・アン・プロヴァンスの大司教、ジャン・ドゥ・デュー・レイモン・ドゥ・キュセ・ドゥ・ボワジュランが、合流論などグレゴワール師の個人的見解にすぎず、聖職部会としての判断ではないと声明を出した。

まさに高位聖職者の一喝だった。直前までの盛り上がりが嘘のように、下級聖職者は一瞬にして臆病《おくびょう》に駆られてしまった。

ロベスピエールの感触としても、あれから司祭議員たちは、ほんの雑談の程度にも応じてくれなくなった。なにも恐れることはない。疑問を感じていたならば、それを態度で示さなければ始まらない。もとより、言動を慎まなければならない理由はない。なにより、あなたがたとて司教議員に劣らない、正当に選ばれた人民の代表なのだ。そうやって説こうにも、司祭議員たちは悪魔でもみかけたかのように、こちらから逃げていってしまう。

なるほど、どれだけ不条理を感じていようと、高位聖職者は教会の上役である。その秩序に安住してきた人間にしてみれば、容易に逆らえる相手ではないのである。

——女にとっての亭主と同じか。

なるほど、敵は小賢《こざか》しい理屈などでなく、迷信にも似た畏怖《いふ》の念であり、また漠然として正体のない恐れなのだ。それを直視させてはいけない。なるだけ忘れさせなければならない。こちらの働きかけも慎重であらねばならない。下手《へた》な誘いはかけられない。

「ということは、伯爵が上手に立ち回ってくださっているのですね」

と、ロベスピエールは続けた。そのつもりだ、とミラボーも答えた。

「つまりは誰にも気取られないように、ですね」

「まあ、そういうことだ」

請け負われて、ようやくロベスピエールは息を解放することができた。ミラボーが目立たなくなったはずだ。自ら目立たないようにしていたのだ。ただでさえ人の目を惹《ひ》かずにおかない男であれば、ゆめゆめ派手な勧誘などできなかったのだ。

——伯爵に任せておけば、やはり大丈夫なのだ。

そう心に吐いたときだった。窓辺に大きな気配が感じられた。じゃらじゃらと砂利を鳴かせているのは、馬蹄《ばてい》だろうか。にしても、一頭や二頭ではなかった。ざざざと前とは違う音は、今度は砂利が車輪に蹴《け》られたということだろう。

馬車か。ロベスピエールが窓辺に進むと、やはり下階の車寄せに馬車が滑りこんでいた。ミラボーのほうは、こともなげな口ぶりだった。

「来たか。ああ、もう六時をすぎているのか」

「もしや先約があられたのですか。それでは私は……」

ロベスピエールは部屋を辞そうとした。気分としては、まだまだ帰れないところだったが、こちらは事前の約束もなく、いきなり訪ねてきた立場なのだ。が、そうした遠慮が言い訳にすぎないことも、自覚しないではなかった。刹那《せつな》に臆病に捕われていたからだ。

第三身分代表議員として、胸に理想を抱くなら、それは捕われてはいけない臆病だとも承知していた。が、身構える暇も与えられず、一瞬にして総身に畏怖の心が満ちてしまうのだから、もうどうしようもない。

それは豪奢《ごうしゃ》な四輪馬車だった。さらさら鬣《たてがみ》が風に靡《なび》くような馬ばかり、四頭も前後に連ねて曳《ひ》かせながら、水面《みなも》に浮かぶ船さながらに動く車体は、なるほど車軸に鉄バネまで備えている。もちろん車室は屋根付で、扉のところには三頭の金の童獅子《どうじし》が描かれていた。いうまでもなく、家門に伝わる紋章なのだろう。

「貴族の方ですね。ええ、ミラボー伯爵も貴族であられますものね。ええ、ええ、さすがに顔が広くておられる。とにかく、私のほうは急ぎ御暇《おいとま》することにして……」

「そうかね。いや、ロベスピエール君、せっかくだから紹介だけでもしておこう」

「けれど、私など貴族の方に紹介していただいても……」

「貴族は貴族なんだが、この場合は貴族でないというか……」

「意味がわかりかねますが」

「つまりは聖職についていて、このヴェルサイユにも第一身分代表議員の資格で来ている男なのだ」

「…………」

「シャルル・モーリス・ドゥ・タレイラン・ペリゴール、オータンの司教だ」

名前の響きに打たれて、いよいよロベスピエールは萎縮《いしゅく》した。

ペリゴールというのは、元来が南西フランスの地名である。それもアルトワとか、レンヌとか、エクス・アン・プロヴァンスと同じように、一端《いっぱし》の地方管区に付されるほどの規模がある。

先祖はそれだけの土地を治めた豪族ということだ。由緒正しい旧家も旧家で、フランス王がパリ伯にすぎなかった頃に、横並びのペリゴール伯だった人間の血を、今に伝えているということだ。

かかる名門に生まれた上で聖職に進んだなら、なるほど司教になるくらいは造作もないはずだった。馬車から降りた男は、片足を引きずるような歩き方だったが、年格好をいえば三十代も半ば、自分より数歳しか上でないように、ロベスピエールは受け取った。この年齢にして、もうブールゴーニュの格式高い司教座を手に入れているのだから、その意味でも恐れ入る気分は順当だったといえる。

「そ、それほどの方ならば、ましてや私など紹介に値しません」

「おいおい、ロベスピエール君、どうしたというんだね。あれも君と変わらない、議員の一人にすぎないのだぞ」

「建前からいえば、そうですが……」

「建前を建前で終わらせまいとして、我々は奮闘しているのではないか」

「そう理屈を捏《こ》ねられましても……」

頭が混乱してきたと、そのことだけはロベスピエールも自覚した。だから、それから先は、わからない。なにも考えられない。

ミラボーは言葉を続けたようだった。いや、タレイランなど本当に大した男じゃないんだ。私がパリで遊び惚《ほう》けていた時分の悪友というわけさ。できる奴《やつ》ではあるが、利口すぎるというのか、これといった定見もない日和見《ひよりみ》主義者でね。

「まあ、そこのところを見込んで……」

言葉が切れたことは、ロベスピエールにもわかった。その理由も察せられたというのは、ようやく解放される、これで自分などお呼びでなくなると、救われた思いがしたからだった。

下階の車寄せに、同じように豪奢な馬車が、もう一台滑りこんでいた。またミラボーは明かした。あの新手はボワジュラン、出身はブルターニュだが、今はエクスの大司教だ。

「そうですか。いや、とにかく私など同席できる相手では……」

ロベスピエールは一瞬の空白に捕われた。が、今度は恐慌を来したわけではない。

「ちょ、ちょっと待ってください。伯爵は今ボワジュランと仰《おっしゃ》いましたか。エクス大司教と仰いましたか」

「ああ、いったよ」

「ボワジュランというのは、あのボワジュランのことですか。つまりは第三身分に合流せよと、そう呼びかけたグレゴワール師の論考を、一喝して捨ててしまったという」

ミラボーは頷《うなず》いた。とはいえ、あれはエクスの大司教なのだ。プロヴァンス州エクス管区、それは私の選挙区でもある。投票前の話なんだが、エクスで暴動が起きてね。怒れる群集は大司教宮殿を襲えとも叫んでいたのだ。それを宥《なだ》めて、私が事態を収拾してやった。ということは、だ。

「ボワジュランは私に借りがある格好なのだ」

「そんなことは聞いていません」

ここに来て、ロベスピエールは大人しく帰るわけにはいかなくなった。萎縮した心を立ち直らせたのは、息苦しくなるくらいの疑念だった。ボワジュランは我々の敵ではないか。現下の工作を考えるなら、誰より知られてならない相手ではないのか。

「司教だの、大司教だの、そんな高位聖職者にばかり、全体なんの用事があるのです。私たちが働きかけるべきは、下級聖職者のはずでしょう」

「だから、女房を手に入れるためには、亭主をなんとかしないと始まらないのさ」

「なんとかといって……」

「なあ、ロベスピエール君」

いいながら、ミラボーは丸太のような腕を伸ばすと、いきなり肩を組んできた。にやりと口角ばかりを引いた笑みで、耳元に囁《ささや》いたことには、そちらのほうは、あまり経験ないようだから、ひとつ助言してさしあげようと。

「いい目をみたいと思うなら、女の尻ばっかり追いかけてても仕方ないぞ。ここは目先を変えて、ひとつ男とも寝てみることだ」

23――合流

六月十二日、ムニュ・プレジール公会堂では議員資格審査が強行された。が、管区ごとの点呼に応《こた》えてみせたのは、第三身分代表議員だけだった。第一身分、第二身分の議員については、名前を呼びかける声ばかりが虚《むな》しく響いた。

異変が起きたのは六月十三日、ポワティエ管区の順番を迎えた朝だった。

「ジャレ神父」

「はい」

「ル・セーヴ神父」

「はい」

「バラール神父」

「はい」

最初に点呼されたのは、もちろん第一身分代表議員の名前である。三人は勇気ある英雄として、すでに満場の歓喜と興奮に迎えられていた。ジャレ、ル・セーヴ、バラール、いずれも主任司祭の禄《ろく》しか有していない下級聖職者だったからだ。上役の怒りを恐れることなく、三人は聖職部会を捨てていた。第三身分の動きに同調する議員が、とうとう特権身分のなかからも出た。

――やった。

ロベスピエールは狂喜した。いうまでもなく、自説が当たったからだ。ああ、第一身分に働きかけて、正解だった。聖職者は、やはり一枚岩ではないのだ。下級聖職者なら、我々の理想に共鳴してくれるのだ。

続く十四日には、かねて合流論を唱えていたグレゴワール師を含む六人が、新たに議員資格審査に応じた。十五日にも三人、十六日にも七人と続いて、聖職者の合流は全部で十九人を数えた。

かかる動きを受けて、十五日から十六日にかけては議会の改称が議論された。もう第三身分だけの集まりではない、特権身分の合流をみたからには、総称としての新しい名前が必要だという理屈である。

十五日に出されたのは、「フランス国民に認められ、かつ審査されたる代表者の議会」というシェイエス案、「少数一部の欠席をみながら、なおも活動を続けるフランス国民の大多数の代表者の議会」というムーニエ案、「人民代表議会」というミラボー案の三案だった。

うちシェイエス案とムーニエ案は、誠実かつ正確であるとはいえ、いかにも煮え切らず、ためらいがちな感じで、画期を表現するような大胆さに欠けた。

他方でミラボー案は、「人民《プープル》」という言葉が問題視された。ラテン語の「人民《ポプルス》」でなく、「平民《プレブス》」のほうに取られかねない、一院制にするか二院制にするかの議論は措《お》くとして、第一身分の合流をみた今、「庶民院」を称した頃のような第三身分だけの組織ではないのだから、全体の名称としては如何《いかが》なものかと、異議が挟まれたのだ。

全国三部会のほうはどうする、身分制そのものを廃止する気かと、改称の是非にまで及んで、終日白熱の議論が展開された。通じて論点が明確になり、好ましい選択も方向がみえてきた。これを受けて十六日に連名で出されたのが、ルグランとピソン・デュ・ガランドの提案だったのだ。

「やはり、国民議会がよいのではないか」

シェイエス師が非公式に唱えていた名称が、再び議場に提出された。さらに議論が重ねられて、翌日に投票が行われると、それが賛成四百九十一票、反対八十九票という結果で採択されたのだ。

「我々は、ここに国民議会の設立を宣言する」

六月十七日、ムニュ・プレジール公会堂は高らかな声明を打ち上げた。同時に議員は議会における社会身分の伝統的な階層性を拒絶する旨を宣誓署名し、またル・シャプリエの発議を受ける形で、国王政府による課税徴税を暫定的に認めた。かねてからの懸案にも手をつけながら、国民議会は声を大にしたのだ。

――我々こそは真の議会だ。フランスそのものなのだ。

ロベスピエールは感激に涙した。ついに努力が報われた。奮闘は無駄ではなかった。我々は自らの手で、新しい時代の扉を開いたのだ。が、そうして流した涙が恥ずかしくなるまで、ほんの数日とかからなかった。

六月十九日、その日もムニュ・プレジール公会堂は雑談の騒がしさで、とりとめもない風だった。

あちらに数人、こちらに数人と固まりながら、ときに議事に批評を加え、ときに四方《よも》山話《やまばなし》に笑い、あるいは別な数人は森の散策に出かけと、三部会が空転していた頃に比べても、ほとんど変わり映《ば》えしなかった。もう国民議会なのだと、審議するべき議題も山積しているのだと、一同に規律を求める向きもない。

――そう声を上げるだけの気力も湧《わ》かない。

ロベスピエールは心に絶望を吐露していた。

「まったく連中ときたら、まだわかっていないのか」

憤慨の調子はル・シャプリエだった。後にラボー・サン・テティエンヌが続けた。

「ああ、呆《あき》れる。すでに議会革命はなったのだ。時代は先に進んだのだ。にもかかわらず、まだ認められないのだとすれば、御歴々《おれきれき》の時代錯誤も、すでにして病的といわれなければならないな」

有志の若手議員は、その日も熱く論じていた。塊《かたまり》には加わりながら、ロベスピエールは自分からは決して口を開かなかった。

仲間は「ブルトン・クラブ」と呼ばれるようになっていた。ル・シャプリエらブルターニュ州の選出議員が、「アモーリ」というカフェに集会所を置いたのが始まりだった。議場で議論の決着がつかないときなど、そのまま皆が流れて再開ということを繰り返しているうちに、これが「ブルトン（ブルターニュ州の出身者）」であるなしを問わない、有志議員の溜《た》まり場になっていったのだ。

ブルトン・クラブこそは今や議論の中心である。必ずしも統一見解があるではなかったが、ここで二つの意見が対立したとすれば、そのまま議会も両派に分かれて、激論を戦わせるというくらいの影響力はあった。

ブルジョワならではの高い教養、大半が法律家という特有の正義感、加えるに若々しい活力でもって、無為を貪《むさぼ》る停滞など許さない。議会の牽引役《けんいんやく》ともいえるのだが、そうした有志の議論にロベスピエールは、今日のところは加わる気になれなかったのだ。

――虚しいからだ。

状況が一変していた。もう問題は自力では解決できなくなっていた。今このとき重大な決議がなされようとしているのは、第三身分の手が決して届かない場所でなのだ。破滅すら余儀なくされるかもしれないのに、こちらは空論を唱えることしかできない。

「実際のところ、今もって連中は全国三部会を称しているのだそうだ」

「現実がみえなくなっている証拠だな。自分たちだけの個室になど籠《こも》らないで、一度この公会堂に足を踏み入れてみればよいのだ。もう変化は目にみえているというのだ」

なるほど、第三身分の議場には今や僧服が交じっていた。が、ちらほらでしかない。第三身分代表議員の定数六百に対して、合流を果たした第一身分代表議員の実数は二十に満たない。一見したくらいでは、ひとつも景色は変わっていない。

――我々こそ現実をみるべきじゃないのか。

ロベスピエールは反駁《はんばく》を心に呻《うめ》いた。実際のところ、こちらの第三身分が勝利を唱えたところで、そんなもの、あちらは一笑に付すような態度だった。もちろん、自分たちが負けたなどとは考えていない。国民議会の成立など端《はな》から認めるつもりがない。一連の動きは目にしていながらも、恐らくは脅威などとは感じていない。

――当たり前の話だ。

まだ全国三部会は生きていた。何人か司祭が離反したからといって、聖職部会も聖職部会として、なお厳然としてあり続ける。いうまでもなく、貴族部会は僅《わず》かも揺らいでいない。第三身分が国民議会を称しても、そんなものは一方通行の勝手な言い分、貴族どもが扱《こ》き下ろす言葉を引けば、「平民どもの我儘《わがまま》」であり、「思い上がりも甚《はなは》だしい越権行為」であるにすぎなかったのだ。

どう贔屓目《ひいきめ》にみたところで、大勢を動かすまでの力はなかった。皆で額を寄せながら、我々は正しいのだ、絶対に正しいのだと、何千回、何万回と繰り返してみたところで、なにひとつ変わるわけではないのだ。

「いってみれば、女は常に正しいのだよ」

思い出されるのは、ミラボーの言葉だった。ああ、そうなのだ。例えば女は真実の愛を語る。心からの熱情であれば、それは女にとって絶対の正義だ。仮に亭主がいる身であっても、だ。浮気を認めてくれない亭主のほうが、かえって悪ということになるのだ。

「けれど、それが通ると思うかね、ロベスピエール君」

「通るわけがありません。それでは夫婦の道徳に反する……」

「おっとっと、道徳論はよそうじゃないか。道徳というのは、根のところの価値観を反映せずにはおかないものだからね。夫婦という契約こそは神聖で、最高の結びつきだと考える向きには、それが道徳になる。ところが、そんなものは形にすぎない、大切なのは心だと思う向きには、また別な道徳がある」

「それでは不倫女の言い分は通るのですか」

「いや、通らんね」

そうもミラボーは断じていた。つまるところ、女の正義というのは空気でしかないからね。あるいは実体がないというべきか。誰も触ることができない。思いきり投げつけても、誰が痛がるわけもない。であるからには、誰をも動かすことができない。真実の愛が勝利したと、そう信じられる瞬間はあるとしても、そんなもの、所詮《しょせん》は幻想にすぎないのだ。

――今の我々も変わらない。

我々は不倫女に変わりないと、ロベスピエールは思わざるをえなかった。一身を捧《ささ》げた真実の正義も、ただの空気にすぎないからだ。国民議会の設立も、フランスそのものだという自負も、虚しいばかりの幻想にすぎないからだ。それが証拠に今まさに我々は、不条理と責め、形骸化《けいがいか》して中身がないと退けてきた伝統にこそ、無残に打ち負かされようとしているのだ。

「この土壇場で目覚めてくれれば、まだ連中も救われようがあるんだが」

ル・シャプリエは続けたが、持ち前の強気も最後のほうは声が震えざるをえなかった。「連中」だの、「御歴々」だの、さっきから小馬鹿にするような呼び方を用いるのも、ほんの虚勢にすぎなかった。その第一身分代表議員にこそ、今や成否の鍵《かぎ》が握られていた。

24――投票

六月十九日、国民議会は運命のときを迎えていた。議員数名の離脱が、かえって危険な引鉄《ひきがね》になっていた。受けて、聖職代表部会は第三身分との合流という議題を、正式な審議にかけることになったからだ。その是非が今日、投票で決せられる運びなのだ。

「それとして、もう投票は済んだろうか」

いいながら、ラボー・サン・テティエンヌは天井を見上げた。聖職代表部会が持たれていたのは、ムニュ・プレジール公会堂の二階の一室だった。

ル・シャプリエが答えた。投票が済んでいたら、すぐに結果が知らされてくるだろう。

「単純な数の問題だからな」

その通りだ、とロベスピエールは思った。そう、単純な数の問題だ。聖職代表が合流した。そのことに目を奪われて、すっかり興奮してしまい、国民議会の成立まで宣言してみたものの、我々は単純な数の問題をこそ忘れていた。

いや、忘れたわけではなかったが、まだ時間があるとは思った。二十人、三十人、四十人と、おいおい合流議員の数は増えるだろうと楽観していた。かたわら、聖職代表部会がこれほど素早い対応をみせるなどとは、夢にも考えていなかった。

聖職代表部会で合流案が否決されれば、その時点で国民議会は終わりである。貴族代表部会は、すでに態度を明確にしているからだ。かねて自由主義者で知られた親王、オルレアン公が合流案を部会に提出してくれたが、ろくろく審議されることなく、あっさり退けられているのだ。

加えて聖職代表部会でも否決されれば、もう結果は二対一である。特権二身分が第三身分に合流することはない。議員資格審査も、その後の審議も、身分毎《ごと》の部会で行われる。それが総意としての、全国三部会の決議になる。

部会毎投票も既成事実となり、頭数投票は採用されない。もちろん、国民議会は問題にもされない。いや、だから、そんな不条理は断じて認められないのだと、再び第三身分が異議を唱えてみたところで、せいぜいが振り出しに戻るだけである。

──何人か下級聖職者を引き抜いても、なんにもならない。

こうまで話が運んで痛感されたところ、ささやかな勝利にすらなっていなかった。依然として、事態は流動的だ。にもかかわらず、どうして国民議会など宣言したのか。全国三部会を否定するような挙に及んで、これでは召集を決断なされた国王陛下の御心《おこころ》に、ただ背いただけではないか。三身分の賛同が得られたわけでもないからには、ただ違法行為を働いただけではないか。頭を抱えて呻《うめ》きながら、もうロベスピエールには目で救いを探すことしかできなかった。

ミラボーも議場に来ていた。今日も不動の存在感で、どっかり最後列の椅子《いす》に座っていた。何人か日和見《ひよりみ》議員を侍《はべ》らせながら、獅子《しし》さながらの鬘《かつら》を振り振り、なにやら談笑の様子だった。

白い歯がみえていたし、ときおりは豪快な笑い声も聞こえてきた。が、なにを話しているのか、その内容までは聞き取れなかった。ぱくぱく動く口許《くちもと》をみやるうちに、ロベスピエールの耳殻に蘇《よみがえ》る会話があった。ああ、幻想にすぎなかったと気がつけば、女も自ら好んで破滅するような馬鹿ではないさ。

「結局のところ、大半は動くことすらできないものさ」

「それでは女の正義など、どうでも報われないのですね」

とも、ロベスピエールは聞いてみた。あのときもミラボーは豪快に笑ってみせた。

「そこを報いてやりたいではないか、男としては」

「どうやるのです」

「例えば一緒に逃げてやる。あるいは一緒に死んでやる」

「それでは意味がありません」

「そうだな。ああ、だから、いったではないか。男を識《し》れと。亭主もろとも抱いてやれと」

「わかりません」

「例えば、だ。女房の不倫を認めさせるかわり、ひとつ貴殿も浮気なされよとばかりに、別な女をあてがってやるとか。あるいは寝取られ亭主の屈辱を癒《いや》す妙薬として、みあうだけの地位や財産を与えてやるとか」

「それで男は納得しますか」

「する。大抵は、する」

にやにやして、とたんミラボーは冗談めいた。ああ、現に世のなかは、そうなっているじゃないか。君たちブルジョワの常識は別かもしれないが、貴族の社交界では不倫など常識の遊戯にすぎないのだよ。わかりやすいところ、王の寵姫《ちょうき》をみればいい。ことごとくが、なんとか侯爵夫人、なんとか伯爵夫人じゃないか。御亭主は侯爵の地位とか、伯爵領の地代とかと引き換えに、恭《うやうや》しく陛下に女房を差し出したということさ。自分もヴェルサイユに乗りこむや、肩書だの、財産だのに物をいわせて、あとは他の女を漁《あさ》るまでということなのさ。

「しかし、本当に細君を愛している男なら……」

「そんな男がいるかね」

「いるでしょう」

「いないよ。いたとしても、大した男じゃない。ロベスピエール君、だから、女を識り、また男を識れというんだよ」

おおかた百人も女を抱けば、その頃には君にもわかるさ。誰のものが、どこに出入りしていようと、それほど気にならなくなる。いよいよ卑猥《ひわい》な話になって、ロベスピエールは気分を害した。それきり部屋を辞してしまえば、階下で従僕連れの司教たちと擦れ違うほど、ますます腹が立つばかりだった。

ミラボーの工作は了解していた。亭主を抱きこむ、つまりは高位聖職者を懐柔するという策だ。

――うまくいくわけがない。

うまくいったとしても卑劣だと、むしろロベスピエールは憤慨した。ああ、餌《えさ》で釣られるような輩《やから》に支持されたとしても、なに嬉《うれ》しいことがあるものか。それどころか、輝かしいばかりの理想に泥を塗られた思いがするだけだ。

――もうミラボーなどに頼るものか。

私は私のやり方を貫く。下級聖職者に共感を訴える。正義を信じる人間の、勇気をこそ愚直に信じる。そう啖呵《たんか》を切る思いで貴族の館《やかた》を出たものの、いざ自分で働きかけてみれば、大半の司祭議員は動かなかった。馬鹿ではなかったということだ。司教議員に睨《にら》まれれば身の破滅だと、それが実のない幻などに浮かれた報いなのだと、怯《おび》えないではいられなかったということだ。

思うに任せなかった今にして、ロベスピエールには他に寄るべがなくなっていた。このままでは我々も破滅する。やはり亭主を抱きこまないでは始まらない。やはり高位聖職者を懐柔しなければならない。

——それが、できたのか。

ロベスピエールは立ち上がった。どうした、マクシミリヤン。投票結果を聞かないのか。ブルトン・クラブの仲間たちが怪訝《けげん》な顔で質《ただ》してきたが、それを無視して、ずんずんと歩を進めた。

向かう先は最後列に席を占めるミラボーしかありえなかった。ああ、確かめないではいられない。一筋の光明なりとも手に入れたい。

こちらに気づいたらしく、ミラボーは顔を向けて迎えてくれた。握手の手まで差し出して、先日の無礼を根に持つような様子は皆無である。やはり大人物だ。少なくとも大人物だ。ロベスピエールは握手の手も引かないうちに切り出した。

「伯爵、どうなるのです」

「いきなり、なんの話だね」

「いうまでもありません。今行われている聖職部会での投票の話です」

「さて、私が投票するわけではないしなあ」

「それはそうでしょうが……」

羅紗布《ラシャぬの》で拵《こしら》えられた靴がみえた。貴族の持ち物だ。ミラボー伯爵の足だ。ロベスピエールは我知らず、俯《うつむ》いてしまったようだった。

「どうした、どうした、ロベスピエール君、そんな暗い顔をするものじゃない」

「暗くもなります。私のほうは失敗しました。ええ、失敗です。何人か下級聖職者を引き抜いたところで、なんにもなりませんでした。ささやかな勝利にすらなりませんでした」

「いや、ささやかな勝利にはなったさ」

そう返されて、ロベスピエールは顔を上げることができた。まだ理由はわからない。が、予感だけは確かに覚えた。ミラボーは落ち着いた声で続けた。

「ああ、ささやかでも勝利は勝利だ。あながち悲観したものではないさ」

ばたばた騒がしい足音が響いたのは、そのときだった。ハッとして頭を巡らせる間もなく、上階に大きな動きの気配があった。がたんと乱暴な勢いで窓が開け放たれる音が続いた。

ロベスピエールは疑わなかった。聖職代表部会の結論が出た。

「可決、可決」

それが上階の窓から発せられて、初夏らしい快晴の空に投げられた言葉だった。

聖職部会が可決したのか。第三身分との合流を決めたのか。信じられない思いでいるうち、今度は議場に駆け足が飛びこんできた。上階に様子を窺《うかが》いにいっていた同僚だった。

「やった、やったぞ、我々の勝利だ」

仲間に念を押されたことで、ようやく下階の議場でも安堵《あんど》の溜《た》め息が音になった。いや、直後にムニュ・プレジール公会堂は爆発した。高く拳《こぶし》を突き上げながら、皆が総立ちになった。あらんかぎりの声を張り上げ、歓呼の言葉を叫ばずにはいられなくなったのだ。我々の勝利だ。我々の勝利だ。第一身分が合流を決めてくれた。我々の味方になってくれた。第二身分は完全に孤立した。我々が多数を獲得して、国民議会は成立したのだ。

ほどなくして、投票結果の詳報も伝えられた。

「賛成百四十九、反対百三十七」

「きわどかったな」

さすがのミラボーも、ふうと大きく息を吐いた。たったの十二票差は、文字通りの辛勝だった。が、高位聖職者に懐柔を働きかけていなければ、きわどくも勝利できなかったはずなのだ。

工作を続けて、この結果であったからには、難儀な交渉だったことも疑いない。ひたむきに続けられた努力が垣間《かいま》みえた気がして、ロベスピエールは今や完全に晴れやかな気分だった。

「山が動いた。ついに我々の熱意が通じた」

「ああ、負けるわけがない。必ずや正義は容《い》れられるのだ」

「国民議会ばんざい」

熱血議員の輩が我を忘れて放言していた。かたわらでロベスピエールは、心からの賛辞を捧《ささ》げないではいられなかった。ええ、あなたですよ、ミラボー伯爵。

「これは、あなたの勝利です」

「そうかね」

笑みで応《こた》えたかと思うや、またミラボーは乱暴に肩を組んできた。前と同じに耳元で囁《ささや》いたことには、これでロベスピエール君もわかっただろうと。

「よく覚えておきたまえ、男は保身だ。女でも、金でも、名誉でもない。男にとって、本当の大事は保身なのだ」

そのままで自分の身が立つようだったら、ひとつの譲歩もしないし、ひとつの侮辱も許さない。どんな誘いも軽蔑《けいべつ》して捨ててしまう。だから、不安を与えてやらなければならないのだ。このままでは立てないようになるのじゃないかと、それならば引き抜かれたほうが利口じゃないかと、そう思わせるだけの不安を投げかけたんだから、どうして、ロベスピエール君の働きも立派なものだったぞ。そこまで小さな声で続けてから、ばんと背中を叩《たた》いてくる。

「ああ、そうなのだ。一人だろうと、二人だろうと、司祭議員の合流は、やっぱり大きかったのだ」

褒めたあげくにミラボーは、まとめてみせたものだった。なに、策を弄《ろう》したからといって、ひとつも恥じることなんかない。

「なぜと、好きな女のためだったら、汚れ役でも演じてしまうのが、本物の男というものじゃないかね」

ロベスピエールは素直に頷《うなず》いた。なるほど、ただ理想を唱えるだけなら、綺麗なものだ。そのかわりに無力だ。反対に果敢に行動するならば、人間は汚れざるをえない。が、それでこそ、はじめて世界を動かせる。

──汚れることを恐れまい。

と、ロベスピエールは心に誓った。ああ、恐れまい。この胸に真の理想が息づくならば。その正義を底から信じられるならば。

主要参考文献

・J・ミシュレ『フランス革命史』（上下）桑原武夫／多田道太郎／樋口謹一訳　中公文庫　2006年
・R・ダーントン『革命前夜の地下出版』関根素子／二宮宏之訳　岩波書店　2000年
・R・シャルチエ『フランス革命の文化的起源』松浦義弘訳　岩波書店　1999年
・G・ルフェーヴル『1789年―フランス革命序論』高橋幸八郎／柴田三千雄／遅塚忠躬訳　岩波文庫　1998年
・G・ルフェーブル『フランス革命と農民』柴田三千雄訳　未来社　1956年
・S・シャーマ『フランス革命の主役たち』（上中下）栩木泰訳　中央公論社　1994年
・F・ブリュシュ／S・リアル／J・チュラール『フランス革命史』國府田武訳　白水社文庫クセジュ　1992年
・B・ディディエ『フランス革命の文学』小西嘉幸訳　白水社文庫クセジュ　1991年
・E・バーク『フランス革命の省察』半澤孝麿訳　みすず書房　1989年
・G・セレブリャコワ『フランス革命期の女たち』（上下）西本昭治訳　岩波新書　1973年
・スタール夫人『フランス革命文明論』（第1巻〜第3巻）井伊玄太郎訳　雄松堂出版　1993年
・A・ソブール『フランス革命と民衆』井上幸治監訳　新評論　1983年

・A・ソブール『フランス革命』（上下）小場瀬卓三／渡辺淳訳　岩波新書　1953年
・P・ニコル『フランス革命』金沢誠／山上正太郎訳　白水社文庫クセジュ　1965年
・G・リューデ『フランス革命と群衆』前川貞次郎／野口名隆／服部春彦訳　ミネルヴァ書房　1963年
・A・マチエ『フランス大革命』（上中下）ねづまさし／市原豊太訳　岩波文庫　1958〜1959年
・J・M・トムソン『ロベスピエールとフランス革命』樋口謹一訳　岩波新書　1955年
・野々垣友枝『1789年　フランス革命論』大学教育出版　2001年
・河野健二『フランス革命の思想と行動』岩波書店　1995年
・河野健二／樋口謹一『世界の歴史15　フランス革命』河出文庫　1989年
・河野健二『フランス革命二〇〇年』朝日選書　1987年
・河野健二『フランス革命小史』岩波新書　1959年
・柴田三千雄『フランス革命』岩波書店　1989年
・柴田三千雄『パリのフランス革命』東京大学出版会　1988年
・芝生瑞和『図説　フランス革命』河出書房新社　1989年
・多木浩二『絵で見るフランス革命』岩波新書　1989年
・川島ルミ子『フランス革命秘話』大修館書店　1989年
・田村秀夫『フランス革命』中央大学出版部　1976年
・前川貞次郎『フランス革命史研究』創文社　1956年

◇

- Alder, K., *Engineering the revolution: Arms and enlightenment in France, 1763–1815*, Princeton, 1997.
- Anderson, J.M., *Daily life during the French revolution*, Westport, 2007.
- Andress, D., *French society in revolution, 1789–1799*, Manchester, 1999.
- Andress, D., *The French revolution and the people*, London, 2004.
- Bailly, J.S., *Mémoires, T.1–T.3*, Paris, 2004–2005.
- Bertaud, J.P., *La vie quotidienne en France au temps de la révolution: 1789–1795*, Paris, 1983.
- Bessand-Massenet, P., *Robespierre: L'homme et l'idée*, Paris, 2001.
- Bonn, G., *Camille Desmoulins ou la plume de la liberté*, Paris, 2006.
- Bourdin, Ph., *La Fayette, entre deux mondes*, Clermont–Ferrand, 2009.
- Burnand, L., *Necker et l'opinion publique*, Paris, 2004.
- Campbell, P.R. ed., *The origins of the French revolution*, New York, 2006.
- Carrot, G., *La Garde nationale, 1789–1871*, Paris, 2001.
- Castries, Duc de, *Mirabeau*, Paris, 1960.
- Chaussinand-Nogaret, G., *Louis XVI*, Paris, 2006.
- Desprat, J.P., *Mirabeau: L'excès et le retrait*, Paris, 2008.
- Dingli, L., *Robespierre*, Paris, 2004.
- Félix, J., *Louis XVI et Marie-Antoinette*, Paris, 2006.

- Fray, G., *Mirabeau, L'homme privé*, Paris, 2009.
- Gallo, M., *L'homme Robespierre: Histoire d'une solitude*, Paris, 1994.
- Goubert, P. et Denis, M., *1789 Les français ont la parole*, Paris, 1964.
- Hardman, J., *The French revolution sourcebook*, London, 1999.
- Haydon, C. and Doyle, W., *Robespierre*, Cambridge, 1999.
- Lever, É., *Marie-Antoinette: La dernière reine*, Paris, 2000.
- Livesey, J., *Making democracy in the French revolution*, Cambridge, 2001.
- Mason, L., *Singing the French revolution: Popular culture and politics, 1787–1799*, London, 1996.
- McPhee, P., *Living the French revolution, 1789–99*, New York, 2006.
- Robespierre, M. de, *Œuvres de Maximilien Robespierre, T.1–T.10*, Paris, 2000.
- Saint Bris, G., *La Fayette*, Paris, 2006.
- Schechter, R. ed., *The French revolution*, Oxford, 2001.
- Scurr, R., *Fatal purity: Robespierre and the French revolution*, New York, 2006.
- Shapiro, B.M., *Traumatic politics: The deputies and the king in the early French revolution*, Pennsylvania, 2009.
- Tackett, T., *Becoming a revolutionary: The deputies of the French National Assembly and the emergence of a revolutionary culture(1789–1790)*, Princeton, 1996.
- Vallentin, A., *Mirabeau avant la révolution*, Paris, 1946.
- Vallentin, A., *Mirabeau dans la révolution*, Paris, 1947.

- Vovelle, M., *1789: L'héritage et la mémoire*, Toulouse, 2007.
- Vovelle, M., *Combats pour la révolution française*, Paris, 2001.

解　説

なんだか日本を見るような——

池　上　彰（ジャーナリスト）

財政状態は破綻寸前。若手の改革案はことごとく葬り去られ、国家は立ち行かない。特権階級の免税特権に手をつけたら、大騒ぎになり、国民の不満は高まるばかり。まるで昨今の日本のようですが、これが、本小説の舞台となった一七八八年からのフランスです。

佐藤賢一さんが集英社の雑誌『小説すばる』に『小説フランス革命』の連載を始めたのは二〇〇七年一月。当初は、日本の政治との対比をあまり考えなかったそうですが、連載が続くうちに、日本の政治が大きく動きます。自民党政治の行き詰まりから、民主党が選挙で勝ち、歴史的な政権交代が実現します。

この有様を見ているうちに、いつしか日本の政治の動向とフランス革命がパラレルに見えてきたというのです。

佐藤さんが歴史小説の道に入ったのは、ワープロの練習がきっかけでした。一九九〇年代、大学院の学生のとき、普及し始めたワープロの練習を兼ねて歴史のレポートを書いているうちに、歴史上の登場人物にセリフを言わせてみたところ、これが「西洋歴史小説」になってしまったというのです。

ワープロの上で人物を創造し、セリフを言わせてみると、この人物、作者の意図を超えて、思わぬ発言を始め、それにつられて物語が勝手に進み始める。作者は戸惑いながらも、登場人物のセリフをひたすら筆記する。

佐藤さんの小説を読むと、そんな情景が目に浮かびます。これは、私も経験したことがあるのです。これが創作の奇跡なのでしょう。

かくして、『小説フランス革命』は、当初は単行本で全一〇巻の予定が全一二巻に延びました。登場人物たちが、「もっとしゃべらせろ」と佐藤さんに要求したに違いありません。


二〇〇九年から二〇一〇年にかけて、フランスの若者たちは、サルコジ政権の政策に反対して、たびたび街頭デモに繰り出しました。高校生が年金制度の改革に反対して街に繰り出すのですから、日本では想像もできないことです。

フランス人は、何かあると、すぐにデモなどの街頭行動に出たり、ストライキなどの直接行動に訴えたりします。

なぜなのか。これは、過去の成功体験つまり「やればできる」という思いがあるからではないか。その成功体験とは、フランス革命である。これが佐藤さんの解釈でした。現代のフランス人には、フランス革命の記憶が刻み込まれているのです。

それに引き換え、日本は……ということで、佐藤さんと私は、日本の政権交代とフランス革命の対比を語り合ったことがあります。これは『日本の1/2革命』（集英社新書）となってまとまりました。

佐藤さんに言わせると、フランス革命に比べて、日本はいつも二分の一の革命しか達成しなかったというのです。

明治維新しかり、第二次世界大戦の敗戦しかり、さらには一九六〇年安保、一九七〇年安保の民衆蜂起もしかりです。

佐藤さんと語り合っているうちに、歴史の長い時間を超えて、日本とフランスの政治の変動が二重写しになりました。

フランス革命は二段階に分けられます。

まずは一七八九年七月、フランス革命が勃発します。議会の行き詰まりに怒ったパリの民衆が、バスティーユ要塞を陥落させ、その勝利を受けて、八月に議会が「人権宣言」を採択します。バスティーユ要塞陥落は、偶発的なものでした。民衆が押し寄せたら、あらあら要塞が落ちてしまったというわけです。

これなど二〇一一年春の「アラブの春」も思い起こさせます。チュニジアでもエジプトでも、国民が決起したら、さしもの長期独裁政権が、あっけなく崩壊したからです。

そして一七九二年。こちらもフランス革命ですが、第二段階です。八月、パリの民衆は再び蜂起します。テュイルリ宮を襲撃して占拠し、議会に逃げ込んでいた国王一家の身柄を拘束します。九月に王政を廃止して、共和政を宣言しました。

前半が偶発的だったのに対して、後半は計画的なものでした。

しかし、前半は明るかった革命が、後半は一転して暗くなります。人々が、次々に断頭台に送られてしまうからです。

フランス革命は、徹底的だったがゆえに血みどろのイメージとなりました。

徹底した革命は、多くの人の血を要求します。ロシア革命しかり、中国革命しかり、カンボジアのポルポト政権による革命しかり。スターリン、毛沢東、ポルポトによって、どれだけ多数の人々が犠牲になったことか。革命の暗部を覗くと、暗澹《あんたん》たる気持ちになります。

それでも、徹底した革命によって、特権階級を廃止。フランスは、フランス革命によって、人権尊重の国となりました。いまも、多数の移民や難民を受け入れてきた人権大国として、伝統が守られています。

フランスは観光大国としても知られていますが、その観光資源は、国王の時代の遺産で成り立っています。自分たちが首を切ってしまった王様一族の華麗なる財産を遺産にして、いまのフランスが成り立つ。歴史の皮肉でもあります。

人権を高らかに謳《うた》い上げた人権宣言を生み出したことで、その後の世界の民主主義の母胎となったフランス革命。

その一方、フランス革命に刺激を受けたマルクスによって体系づけられた社会主義理論は、ロシア革命に代表される歴史の流れを作り出します。フランスの革命思想に触れて共産主義者になった周恩来《しゅうおんらい》や鄧小平《とうしょうへい》、ポルポトなどの人材を生み出します。

一九九〇年まで長く続いた東西冷戦の二つのイデオロギーは、どちらもフランス革命に淵源を持つのです。フランス革命の人類史に果たした大きさがわかります。

それを佐藤さんは、実に読みやすいスタイルで、私たちに教えてくれるのです。

いまから二二〇年も前に生み出された人権宣言が、どれだけ先進性を持つものか。その一部を読んでみましょう。まずは第一条。「人は、自由、かつ、権利において平等なものとして生まれ、生存する」

いまの憲法なら当たり前の表現も、日本が士農工商の時代に作り出されたのです。

第一一条には「思想および意見の自由な伝達は、人の最も貴重な権利の一つである」

と明記されています。これが、どれだけ阻害されてきたことか。いまも尊重されていない国が多数あるのです。

　第三条には、「あらゆる主権の淵源は、本来的に国民にある。いかなる団体も、いかなる個人も、国民から明示的に発しない権威を行使することはできない」とあります。国民から選挙で選ばれてこそ、権威を行使できるのです。「国民から明示的に発しない権威」を行使したがる日本の官僚が学ぶべき条項です。

　そして、第一五条。「社会は、すべての官吏に対して、その行政について報告を求める権利をもつ」

　これは、官僚に説明責任（アカウンタビリティ）を求める条項です。日本ではいまようやくこの大切さが強調され始めたところなのに、フランスでは、当時から意識されていたのです。


　それまでの王政が行き詰まると、人々は言葉の力を信じることで、革命を実現しようとしました。言葉しか頼るものはなかったのです。革命を起こし、新しく政権を担う者には実績がありません。実績に代るものが言葉しかなかったのです。日本の民主党政権になぞらえれば、実績のない民主党にとっての言葉はマニフェストでした。

　フランス革命では、武器となった言葉が、やがて暴走し、コントロールできなくなります。ここで使われる豊穣な言葉の数々。これもまた佐藤さんの作品の魅力です。

言葉に頼らざるをえなかった日本の民主党は、自ら作り出したマニフェストの呪縛にあって、実現に七転八倒。やがて自滅の道を進みます。そのときのリーダーだった鳩山由紀夫、菅直人の言葉の軽いこと……。

フランス革命では、やがてジャコバン党による恐怖政治が始まります。これは一七九四年にクーデターで倒されますが、最終的には一七九九年のナポレオンによるクーデターで、フランス革命に終止符が打たれます。帝政の成立です。

さて、日本の場合は、どうなるのか。

フランス革命の前に、フランスでは天変地異による大飢饉《だいききん》があり、これによる国民の不満が、革命につながりました。

二〇一一年の日本は東日本大震災を経験しました。復興に手間取る政治家たちの右往左往ぶりに怒る国民。次の革命が起こることになるのか。そんなことを考えながら、この本を読むことをお勧めします。

小説フランス革命　1〜9巻　関連年表

（　　の部分が本巻に該当）

1

1774年5月10日	ルイ16世即位
1775年4月19日	アメリカ独立戦争開始
1777年6月29日	ネッケルが財務長官に就任
1778年2月6日	フランスとアメリカが同盟締結
1781年2月19日	ネッケルが財務長官を解任される
	――王家と貴族が税制をめぐり対立――
1787年8月14日	国王政府がパリ高等法院をトロワに追放
1788年7月21日	ドーフィネ州三部会開催
8月8日	国王政府が全国三部会の召集を布告
8月16日	国家の破産が宣言される
8月26日	ネッケルが財務長官に復職
	――この年フランス全土で大凶作――
1789年1月	シェイエスが『第三身分とは何か』を出版

3月23日	マルセイユで暴動
3月25日	エクス・アン・プロヴァンスで暴動
4月27〜28日	パリで工場経営者宅が民衆に襲われる（レヴェイヨン事件）
5月5日	ヴェルサイユで全国三部会が開幕
同日	ミラボーが『全国三部会新聞』発刊
6月4日	王太子ルイ・フランソワ死去
6月17日	第三身分代表議員が国民議会の設立を宣言
1789年6月19日	ミラボーの父死去
6月20日	球戯場の誓い。国民議会は憲法が制定されるまで解散しないと宣誓
6月23日	王が議会に親臨、国民議会に解散を命じる
6月27日	王が譲歩、第一・第二身分代表議員に国民議会への合流を勧告
7月7日	国民議会が憲法制定国民議会へと名称を変更
	——王が議会へ軍隊を差し向ける準備を始める——
7月11日	ネッケルが財務長官を罷免される
7月12日	デムーランの演説を契機にパリの民衆が蜂起

2

1789年7月14日 パリ市民によりバスティーユ要塞陥落
——地方都市に反乱が広まる——
7月15日 バイイがパリ市長に、ラ・ファイエットが国民衛兵隊司令官に就任
7月16日 ネッケルがみたび財務長官に就任
7月17日 ルイ16世がパリを訪問、革命と和解
7月28日 ブリソが『フランスの愛国者』紙を発刊
8月4日 議会で封建制の廃止が決議される
8月26日 議会で「人間と市民の権利に関する宣言」（人権宣言）が採択される
9月16日 マラが『人民の友』紙を発刊
10月5～6日 パリの女たちによるヴェルサイユ行進。国王一家もパリに移動

3

1789年10月9日 ギヨタンが議会で断頭台の採用を提案
10月10日 タレイランが議会で教会財産の国有化を訴える
10月19日 憲法制定国民議会がパリに移動
10月29日 新しい選挙法・マルク銀貨法案が議会で可決
11月2日 教会財産の国有化が可決される

4

11月頭　ブルトン・クラブが憲法友の会と改称し、
　　　　集会場をパリのジャコバン僧院に置く（ジャコバン・クラブの発足）
11月28日　デムーランが『フランスとブラバンの革命』紙を発刊
12月19日　アッシニャ（当初国債、のちに紙幣としても流通）発売開始
1790年1月15日　全国で83の県の設置が決まる
3月31日　ロベスピエールがジャコバン・クラブの代表に
4月27日　コルドリエ僧院に人権友の会が設立される
　　　　（コルドリエ・クラブの発足）
1790年5月22日　宣戦講和の権限が国王と議会で分有されることが決議される
6月19日　世襲貴族の廃止が議会で決まる
7月12日　聖職者の俸給制などを盛り込んだ聖職者民事基本法が成立
7月14日　パリで第一回全国連盟祭
8月5日　駐屯地ナンシーで兵士の暴動（ナンシー事件）
9月4日　ネッケル辞職

5

1790年11月30日 ミラボーがジャコバン・クラブの代表に
12月27日 司祭グレゴワール師が聖職者民事基本法に最初に宣誓
12月29日 デムーランとリュシルが結婚
1791年1月 宣誓聖職者と宣誓拒否聖職者が議会で対立、シスマ（教会分裂）の引き金に
2月19日 内親王二人のパリ出立を契機に亡命禁止法が議会に提出される
4月2日 ミラボー死去。国葬でパンテオンに偉人として埋葬される

6

1791年6月20日～21日 国王一家がパリを脱出、ヴァレンヌで捕らえられる（ヴァレンヌ事件）

7

1791年6月25日 一部議員が国王逃亡を誘拐にすりかえて発表、廃位を阻止
7月14日 パリで第二回全国連盟祭
7月16日 ジャコバン・クラブ分裂、フイヤン・クラブ発足

8

7月17日	シャン・ドゥ・マルスの虐殺
1791年8月27日	ピルニッツ宣言。オーストリアとプロイセンがフランスの革命に軍事介入する可能性を示す
9月3日	91年憲法が議会で採択
9月14日	ルイ16世が憲法に宣誓、憲法制定が確定
9月30日	ロベスピエールら現職全員が議員資格を失う
10月1日	新しい議員たちによる立法議会が開幕
11月9日	亡命貴族の断罪と財産没収が法案化、王が批准
11月16日	ペティオンがラ・ファイエットを選挙で破りパリ市長に
	――王、議会ともに主戦論に傾く――
11月25日	宣誓拒否僧監視委員会が発足
12月3日	亡命中の王弟プロヴァンス伯とアルトワ伯が帰国拒否声明
12月18日	ロベスピエールがジャコバン・クラブで反戦演説

初出誌　「小説すばる」二〇〇七年一月号〜二〇〇七年四月号

二〇〇八年十一月、集英社より刊行された単行本
『革命のライオン　小説フランス革命Ⅰ』と
『バスティーユの陥落　小説フランス革命Ⅱ』の
二冊を文庫化にあたり再編集し、三分冊しました。
本書はその一冊目にあたります。

集英社文庫

革命《かくめい》のライオン　小説《しょうせつ》フランス革命《かくめい》1

2011年9月25日　第1刷　　定価はカバーに表示してあります。

著　者　佐藤賢一《さとうけんいち》
発行者　加藤　潤
発行所　株式会社　集英社
東京都千代田区一ツ橋2-5-10　〒101-8050
電話　03-3230-6095（編集）
03-3230-6393（販売）
03-3230-6080（読者係）
印　刷　凸版印刷株式会社
製　本　凸版印刷株式会社

フォーマットデザイン　アリヤマデザインストア　　マークデザイン　居山浩二

ISBN978-4-08-746738-3 C0193